THE RAINBOW AFTER

雨后的彩虹

谭如之

著

中国言实出版社

图书在版编目（CIP）数据

雨后的彩虹 / 谭如之著 . -- 北京：中国言实出版

社，2015.4（2024.1重印）

ISBN 978-7-5171-1230-3

Ⅰ . ①雨… Ⅱ . ①谭… Ⅲ . ①长篇小说－中国－当代

Ⅳ . ① I247.5

中国版本图书馆 CIP 数据核字 (2015) 第 061689 号

责任编辑：张振华

出版发行 **中国言实出版社**

地　址：北京市朝阳区北苑路 180 号加利大厦 5 号楼 105 室

邮　编：100101

编辑部：北京市西城区百万庄大街甲 16 号五层

邮　编：100037

电　话：64924853（总编室）64924716（发行部）

网　址：www.zgyscbs.cn

E-mail：zgyscbs@263.net

经　销 新华书店

印　刷 三河市宏顺兴印刷有限公司

版　次 2015 年 5 月第 1 版　2024 年 1 月第 2 次印刷

规　格 880 毫米 ×1230 毫米　1/32　6.25 印张

字　数 143 千字

定　价 36.00 元　ISBN 978-7-5171-1230-3

目　录

第一章　她的秘密

1

夏天傍晚的一场小雨居然也可以下得像深秋那样伤感。

她闷闷地望着窗外滴着水珠的树叶发呆。高大葱郁的树林夹道生长，树丫枝叶繁茂成荫。嘀嘀嗒嗒的雨水洗净了片片树叶，但似乎冲刷不净，会在下雨天时不时从她脑子里偷渡出来的某些回忆。

教室低频的人声苍蝇似的没完没了地嗡嗡响。

她胡乱拿出一本书，又胡乱翻到某页，再往桌上一放，豪气地把整颗头埋了进去。

"嘿，叶予凌，你也来补课啊？"

叶予凌昏睡地眯缝着眼，抬头，见前方来者是胖妞王凤凤，遂十分利索地又把头埋回去。

"呀嗬，小飞龙今天出奇地安静？撞邪了！"

说完，王凤凤将了将锅盖头，捂住嘴，笑嘻嘻地倚在叶予凌的课桌前一通傻乐，还努力睁开她的小眯眯眼，做惊讶状。

"同学，请你不要做出这么惊悚的表情好伐？活见鬼！"

周围的同学友好地丢给王凤凤这一霹雳神句，王凤凤震住了，笑容僵在嘴边。

叶予凌趴在桌上笑到肩颤，她知道同学们的笑点一定是王风风的那双被她形容为是用剪刀剪出来的两条缝隙的眼睛。

"死叶子！睡醒了不帮我，还笑！"

叶予凌看着王风风就气不打一处来，抓着她的锅盖头使劲儿拽了一下。

"'疯疯'女士，你活该啊，都是你干的好事，期末考试时卷子捂那么紧，女侠我一眼都看不到。"

王风风吃痛地叫了一声，委屈地揉着头皮。

"伦家这是为你创造上补习班的机会嘛。"

"我创你可贴啊！"

叶予凌凶巴巴地摆出一副虎姑婆的样子，却把王风风逗乐了。

补习老师又尖又细的腔调神不知鬼不觉地飘到了教室里。

"现在开始点名。"小小的补习班顿时鸦雀无声，显得格外突兀。上补习课的同学都来自不同班级，谁也不认识谁，也互不搭理。每人心里都想着，也许说话的那人可能就是和自己竞争年级名次的对手。翻过年马上要升高三了，个个儿更是一副苦大仇深的模样。

当然，除了叶予凌和王风风这对没心没肺没肝没胃的最佳损友。

很快，事实证明，补习老师接下来点到的这个名字让所有人瞬间一致达成相识的共识。

"……莫语。"

男生女生交头接耳地议论着，天下再也没有哪一种能迅速让人与人之间烧掉陌生，擦出友好火花的事情了——嘿，美色是也！

提到"莫语"这号人物，叶予凌是敬佩之至：漂亮，学习优秀，自信大方，高二的三个火箭班的班主任纷纷相邀她调班。

补习老师相当意外这样的香饽饽怎会出现在名单上，死灰的脸，突然回光返照般的喜出望外，端了端鼻梁上厚重的眼镜，如同深海求生的眼神，第一次扫视全班的同学。叶予凌很鄙视这种被评为"高级教师"职称的老师。

"我敢保证，老师连名字和人都对不上号，她深度近视的眼只看得见莫语。"俯在王风风的耳边，叶予凌吐槽。

万人瞩目的莫语，此时姗姗来迟，站在门口柔声叫道："报告。"

王风风一看到美女就不停地冒口水，回头抢白："嘿嘿，你嫉妒啊？"

"犯得上嫉妒吗？都是女神，她有的难道我没有吗？嗯？"

叶予凌耸着肩，骨瘦嶙峋，对准王风风抛出一个大大的香吻，再动情地甩了甩枯草似的头发。王风风嫌弃地呆眼看着正在专心演绎"搔首弄姿"的叶予凌，怯怯地伸出胖胖的手，指着叶予凌胸前的两山朵。

"这个，你还真没有。另外，"王风风壮起胆子，"她是女神，你是女神经，哈哈哈。"

叶予凌还来不及声讨还击。一直望着门口的那一众青蛙男，情不自禁地发出"啊"的感叹声，此时波浪形状地此起彼伏，叶予凌一张伶牙俐齿的巧嘴在这场名叫"啊"的群口相声中完败！

老师摆手示意进门。

莫语娉婷挪步，瓷肌般的小脸，是个标准的美人胚子。教室门口离座位虽只有几步之遥，但莫小姐走出了莲步生花的媚态，她走路时习惯将头扬得高高的，那只别在她长发上的水粉色蕾丝蝴蝶结随着步子颤动，百十双爱慕的眼神交织在她身上，真是天之娇女。

往往长夜繁星，一颗闪耀着巨大光环的恒星很容易将周围那些微弱的星光淹没，尤其是叶予凌这一颗平凡的被遮掩的小恒星。

小小的失落感在叶予凌心中，正大刀阔斧地侵占叶予凌的自卑。

莫语款款落座到自己的位置上。

等一等！

叶予凌清清楚楚地听见自己的内心，发出一声高分贝的惊叫：啊！！！

教室中央布满灰尘的电风扇做证，莫语，精准无误地坐到了叶予凌旁边那张原本空空如也的座椅上。

叶予凌瞬间石化，登时少了平常的生龙活虎，雕像般猫在那儿纹丝不动。料想，内心数万个向苍天老祖咆哮的小人在狂问：为什么？为什么这么倒霉不公平啊？

莫语坐定，女王一般的向周围邻座的同学颔首挥手。王凤凤这枚升斗小民就乐得屁颠颠的了。

当莫语的目光不经意接触到叶予凌时，礼貌娇弱的眼神背后，忽然倏地一道寒光一闪而过。叶予凌吐吐舌头。

一切，似乎刚好开始。

2

碧清湛蓝的天空是 C 城独有的自然风景，生活在这个城市十年，也是唯一让叶予凌感到熟悉的景物。如果世上最亲最近的人群是亲人，那么对于亲人的感官，叶予凌却没有温暖的感受，准确地说，这十年她从未感受到来自亲人温暖的爱。

操场周围，树木的枯叶在微风中翩然旋转落地，街上的车辆来来去去，眼前萧索的情形让叶予凌心中突然泛起一丝淡淡然的惆怅。

连续半个月的补习班的课时今天终于结束了，这意味着可以轻松地享受几天假期。暑假被补课打劫，严重缩水，当广播一宣布下课，所有人蜂拥至门口，而眨眼工夫，喧嚣不见。

"你又愣神啊？"

站在学校外面的一家冷饮店，王风风嘴里叼着油腻的炸鸡腿，歪着脖子看着叶予凌茫然的脸。

热闹和寂寞，两者间，叶予凌游弋自如，极端的情绪感受，叶予凌竟然很享受这种感觉。有时候，叶予凌也怀疑自己是不是患上人格分裂症。因为自从7岁那年那场惨烈的车祸，叶予凌时常会出现幻觉。比如，刚刚拥挤的校门口，人头攒动，百十双眼睛和陌生的面孔，他们体内跳动着心脏的节奏，热血青春，那一刻，即是热闹。当人群无规律地流向四周，不一会儿，鲜活的人影逐个从热闹奔向无声无息，这，是寂寞。而无论切换到哪种感受，只要叶予凌的眼睛投射到哪里，哪里就会出现妈妈和叶予净的身影。他们冲叶予凌微笑，笑着，然后他们突然浑身血迹斑斑。

叶予凌瘫软在地。

她试图努力忘记视网膜里人形扭曲的幻影。右手手指掐得太用力了，校服的衣角皱起很深的纹路。

"嗳，你大姨妈来了？"一不留神的工夫，王风风已啃完两只鸡腿，嘬完三遍手指。

叶予凌迅速起身。

"大你脑袋，本无敌小金刚才在沉思，懂吗？"又指着王风风发达的胸肌，"小心走火入魔吃了你！"

王风风连忙护胸，两支弯曲的手臂的肌肉在胸前异常凸起，路过的男生，表情复杂。叶予凌笑得直不起腰。

"看看你啊，你的身高和体重，极其不符合人体成长规律。"

"啥啊？"

"你吃进去的营养不为纵向服务，只朝横向发展。"

"什么意思啊？"

"亲爱的。"叶予凌揽过王风风的脖子,甜蜜地讥讽。

"你又矮又胖,该减肥了呀!"

王风风嘴里塞满了薯片和梅干,讲话口齿不清,这会儿抓狂得直跺脚。欺负王风风的感觉叶予凌不是一般的好哇。

虽然学校只放几天假,一想到接下来几天自由自在的野游啊,韩国肥皂剧啊,私人 party 啊,总之幸福的生活在不断招手,叶予凌就开心地咧开嘴,大声笑,露出两颗虎牙,夸张的时候整个后槽牙都能看见。每当这时王风风就把她的拳头试着放进叶予凌的嘴里,表演活吞拳头。叶予凌也会毫不给面子地拨开她肉感十足的爪子,继续仰天长笑,两人的玩闹的小把戏总是异于常人的幼稚。

"薄奚蓝一!"叶予凌听见背后有人喊。

声音很耳熟,叶予凌回头,看见一个穿米色连衣裙的女生,背影窈窕纤细,她站在冷饮店中间的座位前,那个角度刚好挡住了一个男生。叶予凌看不见他的脸,只能从背后看见他浅蓝的 T 恤。

"我喜欢你。"

女生大声说。店外面流动的车辆和驻足的人群侧脸看他们,然后微笑。

"不管你是不是接受我,我都决定了,我要你和我在一起,我们交往吧!"女生紧张的声音,"薄奚蓝一,因为,我很喜欢你。"

女孩微微地转过她的脸颊,绯红,鼻子娇小挺拔,脸部轮廓透着粉嫩的光晕。叶予凌吓了一跳——莫语?那个眼里只有自己和名次的优秀女生,莫语!叶予凌想吐吐舌头,但,王风风的手,似乎今天特别顺利地放进了嘴里。

那个男孩子,缓缓转过身。

那是叶予凌第一次看见薄奚蓝一的样子——以嘴里塞拳头的美景。

叶予凌懊恼地拼命往外扯王风风的手,被扯疼的王风风吱哇哇叫唤。与此时唯美感人的告白情景形成真想找个洞钻进去或者干脆一头撞死算了的鲜明对比。

被告白的那个男生，脸上带着温和的微笑，他的神情里没有洋洋得意或是不耐烦。他的个子很高，通身有一种独特的气质，他漆黑的眼眸平静地嵌在眼眶里，美得像是上帝的手精心画出来的。

叶予凌感觉周围越来越飘远，身体里感到一阵急促的电流。

她感觉到了爱情。

这个花美男，微笑不说话的时候，眼睛那样幽静动人。

叶予凌直觉脸上火辣辣，很惊慌。她匆忙地转过身用手挡住脸，王风风的手就这么大刺刺地跟着叶予凌原地转了一百八十度。

"你搞什么鬼啊？"王风风奇怪地追问沉默的叶予凌。

此时，所有人都听见了那个男生低缓的声音。

"莫语，我想我们做朋友比较合适，请试着这样思考一下。走啦，再见。"

"别走！"莫语虚弱地开口，骄傲的女生初次尝到被拒绝的滋味。

他站住，背对着莫语，脸上的微笑不见了，没有表情。

"我哪里不好？我不漂亮吗？还是不够优秀？所以，不能得到你的爱情？"

"不是，你很好，只是我在你的身上看不到爱情。"

莫语立在原地，而那个漂亮的男孩转身走出了旋转门。经过人群时，叶予凌偷瞄，看见阳光洒落在他的肩头，那么美好。他能那么决绝并且柔和地拒绝一个女孩的表白。叶予凌的心，在午后的阳光里一寸一寸地柔软起来。

莫语像一只色彩绚丽陡然遭遇泄气的氢气球，在微风中，失魂落魄地立在那里。

叶予凌深呼吸，一口气使劲儿拽出了王风风的左手，不停地正上下左右来回活动自己早就肌肉酸疼的腮帮子。王凤凤满脸苦情地揉搓着手，泪眼婆娑的"赫赫赫"叫疼，衰的是，王妈妈这时一通催命连环 call，催她胖丫女儿该回家了。末了，王凤凤还不忘叮嘱叶予凌不要说话，因为小妮子的嘴角好像有点开裂，不然招风很容易流哈喇子。叶予凌又气又笑地在空中扬手，佯装要拍打王凤凤，心里却很羡慕胖丫被母亲挂怀的感觉。

"叶予凌。"

大事不妙。

莫语叫住叶予凌。

"这么巧啊莫语。"

"我失恋了，你都看见了？"

"嗯。"

"很丢脸吧？"

"嗯。"

"很可怜吧？"

"嗯。"

"用不着你装好人来安慰我。"

"我根本不想安慰你，"

"叶予凌！"

女王的一声呵斥，叶予凌立即怂了。

"那什么。"叶予凌有点磕巴，继续说，"刚才发生的事我会守口如瓶，就当没发生过。"

"切！"

莫语傲慢的两眼瞬时往天上瞟。

叶予凌气得牙痒痒。

"真是……不识好人心。"

"你前半句嘀咕什么？"

"自己搜度娘。"说完，叶予凌笑眯眯地冲莫语乐。

"没想到你功课不好，心思却花在嚼舌根上，新学期开学有联校辩论大赛，我正愁没人推荐呢。"

叶予凌吓得摇头。

"不要啊，我有舞台恐惧症，看见黑压压的一片人群一句话也说不出来了。"

"那更要锻炼一下啊！"莫语似乎忘了几分钟之前刚失恋的事实，好像拉拢叶予凌才是重点。

"我什么时候跟你这么好了，惹得你这么关心我。"叶予凌急忙撇清关系。

"我走啦。"

甩掉身后随时可能爆发大小姐脾气的莫语，叶予凌火烧屁股般往车站跑。

莫语在背后喊。

"叶予凌，你是我看中的人，你跑不掉啦，凡是被我看中的人都跑不掉，你，还有薄奚蓝一，我一定会追到他的。"

这个超级疯狂自信爆棚的家伙。

3

还没和假期亲密接触够，长着雪白大腿的时间就匆匆溜走了。"叮"，叶予凌揉着惺忪的眼睛——7：10，不情愿地爬下床。

新学期如约而至。

叶予凌一路狂踩单车。回身，一个漂亮的漂移，就把车停进了学校的车棚。一辆破旧不堪的二手单车，被叶予凌驾出了法拉利的风采。高中部高一的新生纷纷入校，车棚内到处都是帅气的学弟。上辈子是拯救了几条银河星系啊，叶予凌花痴地想着，要不然怎么会在开学第一天就"邂逅"这一水儿的帅气学弟呢。这不计划搭讪一个学弟，肯定不合适，叶予凌心花怒放，色眯眯地锁定目标。

突然一阵香味，叶予凌有种不祥的预感。

"叶予凌。"

莫语的身影。

她手腕上戴着闪亮的水晶手镯，日光里，炫彩夺目。

计划泡汤了，叶予凌顿时特没力地歪在单车后座上。

"把你的自行车靠边停。" 莫语牛气地指着车棚一角，"我们的车要停在这个位置。"

我们？

一辆白色的奔驰轿车内，薄奚蓝一。

他摘下墨镜，看着叶予凌，温柔地说："你好，同学，我的车停在你车的位置比较方便其他的同学进出，谢谢你。"

叶予凌突然明白莫语说的"我们"是谁，她真有本事，几天假期就把薄奚蓝一追回来了？

只是，心底却有一阵酸涩开始蔓延全身。童话故事里，也许王子只有和公主在一起才是天经地义的事。

"小学生都知道礼貌回答，你妈没教你吗？"莫语笑道。

第一次被人呛得不知所措，陡然失灵了语言功能。

叶予凌低着头哑巴似的杵在那儿，像一个窘态百出的小丑。不用看，与此同时，莫语显出得意的眉眼。

"那你妈教过你要做个善良的好孩子吗？"

头顶热烈的阳光，一个身形落拓不羁的少年，双手插袋，站在那里。

车棚内和周围顿时人声躁动，仿佛突然间找到精神领袖似的吹响阵阵叫好的口哨，原来男生也可以为男生吹口哨。

他，是杜可风。

叶予凌抬头搜索那个保护她的陌生的声音，她发怔地看着他前额细碎的头发下那张冷冽俊美的脸，学校蓝黑色的制服居然被他穿得那么好看。

猝不及防的攻击，莫语气急败坏地娇嗔："你是谁呀？"

"我？"杜可风嘴角上扬，抬手有力地指着叶予凌，"我是她亲爱的老公。"

叶予凌被闪电劈中似的，头脑一片轰响，嘴巴张得大大的，当场傻掉了。

有人以十级地震的方式庆祝开学，此时全校炸开锅似的不断有人赶来围观"事故现场"，纷纷掏出手机po到微博上。那个杜可风，十分配合地摆出各种造型，引得一群小女生尖叫连连，集体花痴的叫声盖过了清晨广播里的流行歌曲。

一定是昨晚睡觉的姿势不对，或者早上撞了邪，才会一大早被一个痞气的男生认亲。叶予凌要立刻逃离现场，滴溜溜转的两只大眼睛在拥挤不堪的人群中寻找救命稻草，无奈，平常交好的几个小伙伴都不在场，王凤凤也不知道跑哪里去了。

黑暗中，好像有一丝光明猛然划破黑幕——像找到救命稻草似的，叶予凌准备冲到薄奚蓝一的车上。然而那一丝"光明"不知道在什么时候离开原地，一同不在的，还有莫语。

愈来愈强烈的酸涩肆意地侵略叶予凌全身。

难道我还没开始竞争就输了吗？没有妈妈的女孩就不配拥有爱吗？

不知道是怎样走到教室的。叶予凌缓过神来才知道自己被道德绑架了，像疟疾传播的速度，学校到处流传着丑女叶予凌的恋爱版本。

"杜可风是集团董事的独子，叶予凌是他的小保姆，觊觎钱财，叶予凌勾引杜可风，最终在一起。"

"杜可风是黑社会老大的独子，叶予凌是杜可风搭救的失足少女，叶予凌勾引杜可风，最终在一起。"

……

但，没有一个是关于7岁那年，夕阳下，奔跑在操场上小男孩和小女孩的版本。

第一节上课，穿上新装的班主任无比隆重地介绍了一番转校生杜可风，重点歌颂每年对学校图书馆给予捐赠的正是大名鼎鼎的杜家。半个小时的赞美陈述，大概《辞海》里所有溢美之词都派上了用场，就差直接说他永垂不朽了。

真善美，高富帅，所有优良基因全部集中在一个人身上，班主任说完后带头鼓掌，那教室前半段的女生全都疯了。

优等生和差等生的界限从来泾渭分明，从来没有某一点共识，自然优等生眼里没有差等生，同一个班级，完全两个世界的人。黑板前，斜挎着书包的杜可风，仿佛一位联合国大使，此时消融了那道城墙的偏见。那些疯狂的女生疯狂地拍打桌子，反而后半段的差等生倒显得从容宏大。

其中，包括同一天内，连续两次被神一般的男子杜可风吓得快要面瘫的叶予凌。

"杜同学，第一排唯一的那个座位就是你的位置。"

班主任伸出一派欢迎光临的手，指着桌椅。赫然，一张空荡荡的桌椅王者风范地引领在讲台正对面，和第二排桌椅之间，很夸张地留出半米空白。如果用手在空中横竖方向连接教室内所有的课桌，那正好是一个"由"字形状，牵头的正是杜可风。

叶予凌也好奇地伸着脖子向前看这般皇家待遇的桌椅，然后得出一个重大的结论——那位置考试完全不能作弊嘛！

杜可风酷酷地向不停鼓掌的班主任和班上同学挥了挥手，他把书包扔在桌上，然后抬起，掂了掂重量，于是毫不费力地扛在肩上。显然，他拒绝了班主任特殊的安排，朝着教室后面，一步一步地逼近叶予凌，最后"啪"，课桌落在莫语的旁边。

教室里的所有人都不敢相信此刻眼前的事情。

莫语更是惊得说不出话了，平时巧舌如簧的小嘴，此时只有惊讶的形状。

"莫语班长。"

杜可风指着前面。

"那个位置你最适合，请吧。"

班主任没有说话，失去撑腰，莫语矜持地强装镇定，咬牙搬走自己的课桌，脸上却始终挂着淑女的笑容。

"谢谢你让给我，我非常喜欢，欢迎你，新同学。"

杜可风坐下，做的第一件事，无声地用口型说了两个字"老婆"。

接着，全年级就听见高二（三）班班主任女高音般的声音。

"叶予凌，下课后，到办公室一趟！"

如果眼神可以杀死人的话，那么杜可风已经被叶予凌秒杀亿兆次了。叶予凌一边在心里咒骂杜可风是个不明物种，一边又在心里默默祈祷，薄奚蓝一不要误会才好，可是凭什么祈祷他别误会呢？

想到他，叶予凌的心就忽然疼了。

人倒霉的时候，喝口凉水都会塞牙缝。

以老师的标准，最容易记住的是成绩好的学生和十分调皮的差等生。偏偏像叶予凌这种成绩不好又不顽劣捣蛋的学生，老师很容易没印象。

如果不是莫语向老师打小报告，叶予凌的名字不会这样响彻在整个年级，更不会被推到舆论的风口浪尖。

4

就在刚才。

薄奚蓝一看着远处车棚内，正低着头快要哭的叶予凌。

在他眼里，她是离假期补课的最后十天，突然闯入他的脑子里的。她是那个每天下午第二节课，从他窗前经过的女生。她有时开朗大笑，有时沉默不语。她及肩的中长发的发梢向内弯曲，跟随她回身时飞扬起来，又重新落在肩膀上。他想，那个女生肯定不知道这样的画面有多美。他不知道她的名字，也并没有打算贸然上前问她。他知道的，她是他隔壁班的一位普通的女生。只要能看见这个女生开心的样子，他那天的心情会莫名的温暖。直到补习课结束那天，冷饮店外，莫语叫住她：叶予凌。

薄奚蓝一准备下车，走向人群的中间，拉走叶予凌，没想到被跟上来的莫语拉着一起去吃早餐。

"蓝一，你不要逃避我了好吗？"

莫语难过的神情。

也许，在喜欢的人面前，所有人都会展现出最脆弱的那一面。

"你认识叶予凌不过才十天而已，而我呢？"莫语自顾自地说着，"我鼓足好大勇气才表白的，我喜欢你一年了。"

"莫语，你是好女孩，不要再喜欢我了，听话。"

薄奚蓝一永远那样儒雅的口吻，即使是伤人的话，他说出来的也只有柔软的味道。

"也许我不一定适合你，但一定也不是叶予凌，她和那个小流氓有不可告人的关系。"莫语愤恨地转头看着被人群包围住的叶予凌和杜可风。

"莫语，不要随意毁谤他人的清白好吗？吃完早饭，你回教室去吧。"

"如果你不答应和我每天早上一起吃早餐，我就给老师说叶予凌是个早熟的坏女孩。"

事实上，莫语已经那样做了。

叶予凌惴惴不安地站在班主任的办公室里，班主任还没来，在班主任没到之前，中间有一大段空档的时间给自己胆战心惊，还有让人驻足免费参观。整个上午，路过办公室的同学都在议论新学期第一个被罚站的叶予凌。

班主任严肃地看着叶予凌，并叫她的家长到学校一趟，老师不会明白，所有的问题在叶予凌看来都不是棘手的问题。唯独，在请家长上。

每次考试需要家长签字，都是叶予凌和王风风找别的同学代签。因为学习不好，班主任居然从来没发现每次签字的笔迹都不一样。

叶予凌不假思索地拒绝班主任请家长的要求，得到的当然是从上午罚站到下午放学的代价。

朝气的太阳此时已落到地平线下，叶予凌检查完教室的门窗，背起书包朝学校大门走去，今天过得真是意义非凡啊，叶予凌在日记里嘲笑自己。做完了大扫除，叶予凌最后一个离开学校。

回家的路上暮色渐沉，浸染四周。

疲惫的叶予凌攥着钥匙，在小区外，远远地看见自家灯火明亮。只是，心里却是一成不变的灰色的冷漠。

"小凌回来了吗？"

"哎呀，爷爷您又吓我一跳。"

叶予凌关上电子门，换上拖鞋。爷爷起身拄着拐杖，颤巍巍地移动，他每行走一步，都显示着他的生命的衰竭。叶予凌倒了杯水上前搀扶。

"您要是又来劝我去参加爸爸的生日聚会,您真的不要再说了,我不会去的。"

"这么多年了,还是不肯原谅你爸爸吗?"

"他不是我亲爸爸!"叶予凌脱口反驳爷爷的话,说出的每一个字坚定而沉重。

"这么一说,我,也不是你的亲爷爷。"爷爷脸一沉。

"爷爷,您别生气。"叶予凌委屈的泪水夺眶而出,竭尽全力地收敛内心的痛苦。

爷爷突然慈祥地笑起来,看着沉默的叶予凌:"哈哈,小凌啊,你这股倔强劲,和你妈一模一样。"

爷爷看着,不觉湿润了眼眶,气氛一下跌到谷底。谷底的深渊是叶予凌十年来疯狂地想要连根拔起,扔进太平洋的记忆。那样她就可以了无心事,做一个彻头彻尾的空心人。

回忆裂开巨大的罅隙。

十年前。

七岁的叶予凌和双胞胎弟弟叶予净每天放学一起回家,小小的人儿手拉手走过人行道,经过巷口崔叔叔的补鞋摊,和邻居的奶奶问问好,再往前走一点,妈妈早已等候在门口了。总是有一些路人夸赞这对双胞胎姐弟礼貌可爱,一家三口在小镇上过着无忧无虑的生活,即使叶予凌和弟弟从未见过亲生父亲长什么模样。

"小凌,等一会儿有一位叔叔来,你要乖乖听话,不许胡说,好吗?"饭桌上,妈妈夹了一块鸡腿放进叶予凌碗里,梳着两条羊角辫的叶予凌十分悠闲地晃悠着两条腿,不明所以地点了点头。

此时,巷口停了一辆高级轿车,它轻易地勾搭出市井小民爱说闲话的面目。

豪车陋室,种种迹象显露,这是两个世界的人的标志。错位的搭配却出现在同一个画面中，亦实亦虚，让人忍不住窥视。而周围，围拢的人越聚越多，从众人复杂的眼神中看见叶妈妈为一位西装革履的中年男子开了门，他们手牵手地走了几步，那男子突然想起了什么似的，回转身，从车里拿出一大包各种各样的玩偶。

"小凌、小净，来，这是魏叔叔，以后……以后叫爸爸。"妈妈期待的眼光看着叶予凌和叶予净，谁也没说话，屋里格外安静。

"小凌，你捂住鼻子做什么？"

"那个叔叔好香。"叶予凌怯弱地看着妈妈。

"那你把手拿开呀！"

"可是我不喜欢这味道！"叶予凌尖声吼叫，一只手拉着弟弟，本能地保护，看着妈妈脸上阴晴不定的表情。

"没关系的，我来看看你们就走。"他慢慢靠近叶予凌，蹲下来，温和地把一包玩偶递给她。

"不要你的玩具！"叶予凌小狮子似的一声怒吼，玩偶散乱在地上，叶予净被吓哭了，迅速钻到叶予凌背后。

"姐姐，我害怕。"

"他不是爸爸！妈妈！"叶予凌看着妈妈，求证似的冲她哭嚷着，两个瘦小的身体抱在一起，哭声惊天动地。

"老魏，你别介意，孩子太小了，我先送你回去吧。"妈妈失望地看了看叶予凌，披上大衣出门了。

叶予凌不知道睡了多久，迷迷糊糊爬下床找妈妈，无意中听见客厅有人声，确切地说是低吼声。

"你现在现身了？我辛苦拉扯孩子的时候你在哪里？"妈妈的手在空中无比坚决地比画着，"孩子是我的，你休想夺走！"

爸爸不是死了吗？爸爸不是死了吗？叶予凌反复默念，妈妈是骗子，她是个坏妈妈！叶予凌故意把房门反锁，任由妈妈惊慌地冲过来拍打叫门。

学校离家的路，不知道什么时候像现在觉得那么漫长。

明明十分钟前就放学了，叶予凌有千万种理由拒绝早回家，天要黑透了才回去，她害怕那个魏叔叔和他的香水味又出现在妈妈的家里。叶予凌第一次感到家是一个冰冷和充满谎言的地方。夕阳的余晖下，远远的，操场上叶予净和其他小男孩正在打篮球，看着弟弟呼啦奔跑嬉戏的样子，叶予凌暗自发誓要好好保护她的小男孩，不让妈妈搬到魏叔叔家，不要妈妈送弟弟去寄宿学校。

这是一辈子要坚持的事。

"小净，姐姐在这儿呢。"

看见叶予凌挥手，叶予净抱着足球飞速跑到看台上。

"我们回家吧，走，姐姐给你买一大包妙脆角。"叶予凌轻捏弟弟的脸，多么柔软的脸蛋啊。

叶予净却很丢脸似的埋下头，嗯嗯齿语。

"姐，我已经不是小孩了，不要老这样好不好？"小男孩悄悄成长。

"我的净害羞了啊？那下次你尿床了又哭又闹可别叫我。"

"……"

"姐姐，你好丑哦。"

哪里冒出来的声音。

叶予凌挥舞着拳头四下搜索。

一个声音稚嫩的小男孩，突然从叶予净的身后探出半个脑袋，吓得叶予凌脖子后倾。小男孩细弱的胳膊搭在叶予净的肩膀上，露出几颗缺牙，笑起来有两个深深的酒窝。和叶予净并肩站在一起，多么像一对亲兄弟啊，叶予凌真不敢相信自己的眼睛，世上还有和弟弟长得这么相似的男孩。叶予凌痴痴地看着。

"叶予净！你敢和你的朋友嘲笑本公主，看我天马流星拳。"

两个小男孩相视哈哈大笑起来，呼啦一下又跑了。

很多年以后，叶予凌回想起这个画面，悲恸不已。记忆中，这是最后一次看见叶予净快乐奔跑的模样。夕阳西沉，血色的天空似乎流着红色的眼泪，姐弟俩跑着跳着，一眨眼，弟弟的身影就忽然消失了，毫无征兆。

期末的时候，魏叔叔的豪车第二次停到胡同里。家里所有的东西都打包好了，出门前妈妈欢喜地为叶予凌和弟弟穿上特意买的新衣服。脚上穿着粉色的靴子，叶予凌噔噔噔噔地独自在阁楼上跳了好久，旧木板不时发出危楼的声响。不知怎的，叶予凌突然蹲下来，哭了，七岁的年纪，伤离别，那种叫悲伤的东西，张开爪牙，牢牢地将叶予凌抓住，叶予凌来不及感觉疼痛，大颗大颗伤心的眼泪淹没了自己的眼睛。屋外的魏叔叔绅士地站在车子旁边，似乎十分烦躁不安不停地撩开衣袖看手表。今天是白天，胡同里的街坊邻里不必像上次那样相互推诿地凑过去看新鲜，都冷眼旁观着，三两个在背后嗑瓜子的妇人嚼着舌根。

"叶家妈妈攀上高枝儿了，克夫的扫把星！"

"两个小孬货，半路捡来个爸爸。"

"嘁，还不知道那男的到底是副什么德性呢！"

锁上门。

妈妈一手拉着叶予凌一手拉着弟弟，身姿轻巧地上了车。后视镜中，一点一点逐渐缩小的人影，熟悉的豆浆味，吴奶奶粗糙的手，冬天胡同里的茫茫白雾，那些成长环境里的一点一滴，魔术一样全变小了。

直到事物模糊，人影消散。

经过霞飞路的时候，迎面一辆货车猛烈地撞上了魏叔叔的车，车窗上残剩的玻璃碴，面目狰狞地舔舐着血液。妈妈靠着的车门被撞成一个深深的凹坑，车内很安静，鲜血，静静地流淌。

天空下起滂沱大雨，闪电轰鸣。

　　不知道昏迷了多久，人声嘈杂中，魏叔叔被抬到了救护车上。叶予凌虚弱地晃动妈妈的身体，鲜血浸蚀了妈妈的头发，也看不清妈妈的脸，妈妈没有说话。叶予净的手还握在叶予凌的手里，失去温度，叶予凌惊恐地转过头，两道刺目的鲜血从叶予净的眼角溢出，那一双清澈的眼睛静静地睁开着。看着，像是有一把尖锐的匕首猛地插进叶予凌的心脏，太疼了，叶予凌眼前一片漆黑，晕厥过去了。

　　小凌，你要坚强地活下去，好吗？

　　姐姐，你要坚强地活下去，好吗？

　　妈妈和弟弟，他们脸上绽放着温暖的笑容。妈妈仿佛温柔地唱着歌谣，身旁还有触手可摸到头发柔软的弟弟，他们身上很干净，清风浮动了妈妈淡紫色的裙裾，弟弟穿着深蓝色小西装，漂亮的小王子啊。

　　叶予凌伸手，妈妈和弟弟却腾空飘远了，只是微笑着。

　　妈妈，对不起！我不应该发脾气。

　　妈妈，求你不要离开我！

　　小净，你是姐姐要一生一世保护的小男孩啊！

　　小净，姐姐好爱你！求你不要离开姐姐。

　　梦魇呓语持续数日，第五天，叶予凌终于醒来了。病房内的医生护士的眼神里写满怜悯，谁都以为叶予凌醒来会情绪失控。但叶予凌没哭没闹，躺在冰冷的病床，墙壁上，心电图里，空气中，满世界写着两个字。

　　孤儿。

第二章 枝叶暗合

1

"十年前我把你从医院接回家的时候，可没盼望，爷爷的小凌长大了会是一个不听话的孩子哦。"爷爷语重心长地开导叶予凌。

"爷爷，那我只待一小会儿就回家。"

于是爷爷满意地连声说着好，家佣扶着下楼，偌大的房间，又只剩下叶予凌。

记得医生说过大脑受到刺激的时候会开启自我保护功能，选择性遗忘最难过的事，对于叶予凌，这完全没有作用。车祸的后遗症不仅让叶予凌时常出现幻觉，更可怕的还有间歇性的撕心裂肺的头疼病。

叶予凌想，也许这辈子不能治愈的除了那场车祸，还有整个色调阴郁的童年。

其实魏叔叔在车祸当天也受了重伤，身体的伤痛似乎比心伤容易愈合。但让叶予凌吃惊的是，魏叔叔对当年的车祸只字不提，更意想不到的，他并没把叶予凌送去孤儿院，而是安排叶予凌独自住在浅水湾的一栋高档别墅。

叶予凌简单地收拾打扮了一下，没兴致地去参加魏叔叔的生日晚宴了。这有钱人的生日聚会，到处都是左右逢源想攀交情的嘴脸。叶予凌看着书房内大声与人交谈的魏叔叔，他很享受地被众人簇拥起来。虽然他提供了良好的物质条件，可是仇恨在叶予凌心中与日俱增，如果他没有出现在叶予凌一家三口的生活中，那么妈妈和弟弟就不会永远地离开自己了。

可这又能改变什么？

叶予凌很挫败地坐在客厅中间的木质楼梯上，满耳朵响着的是红酒杯碰撞的声音。叶予凌想逃。

突然一个很耳熟的男声传来，叶予凌的心紧缩了一下。

杜可风正站在楼梯上面聒噪，身边的几个小屁孩团团围住他嬉闹。

他怎么会在这儿？

叶予凌迅速把头埋在膝盖里，揪起淡黄色小洋装的衣角盖住脑袋，这模样，很像一坨马桶里的东西。

杜可风本来下楼了，但经过叶予凌的身边还是忍不住好奇地凑上去。

像剥粽子叶似的，杜可风快要揭开最后一层神秘面纱，叶予凌突然"腾"的一下站了起来。

"老婆"两个字的发音还没清楚地吐圆，身高一米八二的杜可风，就被叶予凌像拖着一米二八的猩猩玩偶一样粗暴地拖了出去。

"你到底想干吗？"叶予凌爆发似的歇斯底里。

杜可风傻眼了，眨巴着圆瞪的眼，一双单眼皮此刻快分裂成了双眼皮。

"我和我爸来参加聚会。"

浅水湾是 C 城富人云集的地方，魏叔叔的生日聚会，毫不夸张地说城中一半的富人都前来捧场了。

他回答的声音，清晰淡定，显得好有涵养。

"杜可风！我哪里得罪你了吗？为什么三番两次地和我过不去。"

"因为你是我亲爱的呀！"

杜可风无耻地卖萌，十分乖巧地倒在叶予凌的肩膀上。

他突然抬起头，叶予凌清楚地看见杜可风的脸上还有细小的绒毛，单眼皮下荡漾着一层深情的涟漪，意外的，杜可风的嘴贴过去了。

"Oh，my God，我的初吻！"

叶予凌生猛地推开杜可风。那个温湿的吻，像抹了蜂蜜，甜甜地黏在嘴唇上。

仓皇逃走的叶予凌，感觉自己的脸像大火煅烧似的红透了。

"老婆，从现在开始，以后的每一天我接送你上下学。"

难掩内心的喜悦，杜可风看着踉跄逃走的叶予凌，旁若无人地宣示着。

王风风打来电话是晚上十点多了。

叶予凌看着手机上的显示，不准备接的。那个胖妞在自己有事的时候总是不在身边帮忙解围，新学期开学连个人影都没见着，叶予凌决定现在算账，接通电话，劈头盖脸地对王风风说教。

"叶子，我生病了。"

电话那头，王风风有气无力解释的声音。

"怎么生病了呢？"

叶予凌睡意全无，一下清醒了。独特的成长环境，让叶予凌对人与人之前的情感异常的敏感纤细。生怕她熟悉的人再一个个抛弃她。如果没有王风风这个死党，那叶予凌接下来的高中生活肯定无聊透了。

"没事，小感冒，嘿嘿，听说你老公来寻亲了。"

"看来你还没病死，八卦的事情你一件不落！"

叶予凌恶狠狠地回答。

"还说呢，莫语今天来我家看望我了，一堆的零食，你连电话都没给我打，哼哼。"

王凤凤似乎生气的声音。

叶予凌愣住了。

和莫语的交情并不深啊，她怎么会对自己的朋友这么关心，比自己对王凤凤还仗义。叶予凌想到此前对莫语的偏见，伸出右手悔恨地拍了一下脑门。才发现莫语是这么可爱的女生呢，自己真不该对她产生那些邪恶的想法。以小人之心度君子之腹，形容的就是自己吧。

"挂了，我妈要我睡觉了。"

王凤凤故意压低着嗓门，用她的话说如果不听她妈的话，她会死得很惨的。

在第二天上学的路上，叶予凌意外地在学校门口遇见薄奚蓝一。他妥协似的，没有开奔驰。叶予凌暗自窃喜，以为和自己有关。

"你怎么骑单车来了？"

叶予凌大大咧咧的性格，想都没想，就脱口而出，好像和他很熟似的。

"单车更方便。" 薄奚蓝一腼腆地回答，似乎想对叶予凌说什么，又闭嘴了。

听完回答，叶予凌耷拉着眼，对空气做了个鬼脸。

"我叫叶予凌。"

薄奚蓝一看着满脸天真笑容的叶予凌，他心里想着自己怎么会不知道她叫什么名字呢？但思虑周全的特点，他只是淡淡地作答。

"薄奚蓝一。"

整整一个上午的课时。

叶予凌都沉浸在偶遇薄奚蓝一的情景中。学校有那么多漂亮的女生喜欢他，薄奚蓝一一定不会喜欢自己的，与其被拒绝还不如做好哥们儿，就像今天这样简单地说几句话，那就很满足了。只是每当看见薄奚蓝一时，刻意压制在心底的那股情愫，蠢蠢欲动。

叶予凌手肘立在桌上，撅着屁股，神秘地对前排座位的王凤凤说：“我决定答应莫语的邀请，去参加联学辩论比赛。”

“你早就该那么做了。”

“那放学你先走吧，我要去查找资料。”

“学校后门有一家书店，我知道那里有很全的比赛诗集选。”

不知道什么时候来的，莫语娇美的面容，她带了水果，一格一格地放进餐盒里，每一格都精心摆放着，一边对叶予凌说，一边打开餐盒盖。

“放学你先去后门等我，今天我值日，晚点去找你。”

“学校的图书馆就有啊？”

叶予凌反问莫语，手里拿起牙签一口气串起好多水果丁。

“那你们俩去吧，我又没参加。”

王凤凤不甘落后，直接端起餐盒往嘴里倒，三个人相处得其乐融融。

此时，薄奚蓝一经过窗外，同样是成绩优秀的好学生，他也没有调到火箭班。这大概就是莫语不选择调班的原因，想到这儿，叶予凌看着正捧书温习的莫语，像做了坏事似的，羞愧地低下头。

最后一节下课之后，叶予凌兔子似的蹦出了教室，呼呼跑离学校。多交了一个朋友，叶予凌这几天的心情都不错，学习也有进步，这要归于莫语慷慨的帮助，聪明的女生就是惹人喜欢。叶予凌手里拿着莫语画的地图，按图索骥，心里美滋滋的这样感慨着。

叶予凌才惊觉，走到学校后门时，天色已慢慢拉下夜幕。幽暗狭长的小路，在混沌的暮色下，只看见三两个很破旧的小餐馆。

哪儿来的书店？

叶予凌忽然心跳很快，背脊发凉，站在原地感到身后有一阵恐怖正慢慢靠近自己。

果然，身后一个尖锐的东西突然顶在叶予凌的后背，粗喘的鼻息声在叶予凌的耳边一遍遍重复。

"你是谁？"

叶予凌几乎绝望的声音。

"哟！小妞，身材不错嘛！"

沙哑的男人声音，他另一只手锁住叶予凌的喉咙。接着，凶狠地吼道：

"你要是敢叫，我就捏断你的脖子！"

叶予凌浑身不停地颤抖，想趁机会摸手机求救，却发现，手机刚才被莫语借用时拿走了。

想到莫语等一会儿还会来找自己，叶予凌很后悔忘了拿回手机，如果莫语来了岂不是同样遭遇危险了，叶予凌懊恼不已，期待莫语不要赶来。

时间一分分地溜走，竖着耳朵，注意外面动静的叶予凌没有听见有人走近的脚步声，这才仿佛像是刚跑完一千米似的，到了终点终于长吁一口气。

忽然，叶予凌转念，想到不会有这么巧合的事情，再加上时间上巧妙地错开，竟然还同时巧合地发生在自个身上。只是想不明白，莫语为什么？为什么会如此讨厌自己，她的心开始隐隐作痛，原来和莫语成为好友是海市蜃楼的幻景？

叶予凌忽然觉得自己很可笑，很可怜。

后门昏暗的灯光，冷漠地洒在湿地上。男人强制拖行叶予凌到一家餐馆内，关上门，很利索地把叶予凌反绑在铁柱上。男人的右眼有一处很明显的疤痕，肉疙瘩密密麻麻地隆起，样貌丑陋极了。餐馆里没人，他有钥匙，他肯定是这家餐馆的什么人。

叶予凌惊恐地看着刀疤男，脸上全是泪水。刀疤男顺手拿起匕首，用力地贴在叶予凌的脸上。

锋利的匕首没有温度，突然贴在叶予凌脸上的那一刹那，刀尖冰冷的温度迅速冻结了跳动的心脏，叶予凌不禁浑身哆嗦了一下，接着心脏跳得更快了。

原来和死亡的距离这么近。

临危的一瞬间，叶予凌想起妈妈温柔的话语，弟弟柔软的小手，那些曾经深深地刻在生命里的画面。

豆大的眼泪止不住地滴落在衣领上。

"你放心，我不会杀了你。"

刀疤男目光凶狠。

"你只要乖乖地配合我一个晚上，明天就放你走。"

叶予凌看着转身去检查门窗的刀疤男，从头到尾，她并没有低声哀求刀疤男不要杀了自己。

生老病死对每一个人都是公平的，如果自己今天真的死了，那死亡对于自己就是解脱，叶予凌这么想着。童年的车祸，让十七岁的叶予凌对死亡有超乎年纪的认知。

除了刀疤男发出的声响，屋里安静得能听见心跳声，死神的脚步也仿佛步步逼近。

突然轰的一声。

门被撞开了，叶予凌看见冲进来的杜可风。

他霸气十足地站在零乱的屋内，机灵的眼睛扫视一切动静。

"你好这口啊！"

杜可风看见被反绑在铁柱上的叶予凌，那副样子，真的很像网站的图片里女主角 SM 的情景。

这家伙现在还有心思开玩笑，叶予凌哭笑不得。

　　刀疤男发出偷袭，他抄起凳子砸向杜可风的脑袋。顿时，黏糊糊的血液，沾满了杜可风一大片的头发。

　　摸摸自己的头，杜可风转身，凶恶的眼神看着刀疤男。如果不认识这个人是杜可风，他现在的样子像极了一个穷凶极恶的杀人犯。

　　刀疤男意外地看着没有倒下的杜可风，不由得皱起眉头，一双凶恶的双眼上下打量杜可风。突然，杜可风一顿迅猛连环出拳，拳拳打在刀疤男的鼻梁上，顿时，刀疤男捂住他的鼻子，痛得眉眼缩成几道深深的线条。刀疤男挪开手，鼻子下流出了两道鲜红的血珠，流过嘴边，像一张血盆大口。刀疤男眼中立即布满血丝，迅速从身后掏出一把匕首，朝着杜可风刺过去。杜可风像一道闪电似的，敏捷闪躲。刀疤男扑了个空，顺势重重地摔倒，几乎动弹不得。杜可风朝着刀疤男的头部，死命踹了一脚，趴在地上的刀疤男，青筋爆裂的脸上只有一种表情：杀。

　　巴掌大小的餐馆，成了暴力场地，瞬间凌乱。杜可风随地捡起一根被砸碎的椅子腿，紧紧握住，全神贯注地攻守防备。他脸上水珠一样的汗水沿着额头，下雨一样地流向下巴，再到脖子，衣服完全湿透了。身上被铁索五花大绑地勒得太紧，叶予凌的情况糟糕，意识开始恍惚。看着眼前的杜可风和刀疤男疯狂地扭打作一团，活生生地上演杀人打斗的情景，叶予凌发疯似的大叫着。

　　杜可风趁空档的间隙看见叶予凌的校服上慢慢渗出血液，她虚脱得只剩一副骨架支撑着身体，摇摇欲坠。他爆发出全身的力量，愤怒地飞扑过去，生猛地擒住刀疤男的胳膊，一个过肩摔，刀疤男重新重重地躺倒在地。

　　杜可风浑身沾满血迹，双手撑在膝盖上，拱起背，累得张开嘴，大口大口喘气。渐渐失去意识的叶予凌只感觉身体腾在空中，周围的声音越来越小，只听见空气中空蒙蒙地飘散着一句话：老婆，别害怕。

然后沉沉地睡去了。

一辆卡车经过，妈妈和弟弟又出现在叶予凌的眼前，他们朝叶予凌招手，弟弟手里还拿着叶予凌给他买的机器人模型，他们说，他们很爱叶予凌。一辆卡车经过，妈妈和弟弟消失了……

2

那股熟悉的消毒水味道，充斥着鼻腔，叶予凌看着惨白的墙和病号服又把自己的身体严丝合缝地包裹住了。苏醒后，并没赶紧叫来医生和护士，叶予凌只是目光呆滞地看着病房。

沙发上，一个少年酣睡着，也许他太疲惫了，毛毯滑落到地上他都没有察觉。

叶予凌艰难地起身，缓慢地走到杜可风的面前，他一定是整夜都守在病房没合眼，他的脸上布满着困倦。十七岁的男孩也要打理好皮肤才行，零星长在嘴角的胡须往外立着，喉结高挺地凸在脖子上，一个朝气活跃的生命，看着，叶予凌的眼，锥心的刺痛。

"别走。"

杜可风叫住正回身的叶予凌。

"你怎么听不明白话呢？我说过接送你上下学！"

他醒了吗？叶予凌突然颤抖了一下。

"我用不着你接送。"

看着叶予凌一副倔强不领情的表情，杜可风暴怒，把桌上的水果一口气全扔在地上。

没想到叶予凌并没有如平常那样顶嘴叫嚣，只是软弱地低着头，像一只被拔掉刺的刺猬，没了戾气和尖锐。

冰凉的眼泪划过一张苍白的脸，不知道是不是惊吓过度，叶予凌好像清瘦了，肥大的病号服显得更加肥大。

杜可风心疼地伸出手去抚摸叶予凌的脸，不去纠结为什么她不听话，他屈服了。他的手和叶予凌的脸一样大，叶予凌的半张脸顿时被杜可风温热有力的手掌盖住了，露出一双柔弱无力的大眼睛，空洞地看着他。

杜可风十分懊恼自己没保护好叶予凌，这是和一个小男孩简单的约定。

放学了，杜可风看见同在篮球队苗苗班的叶予净，还在操场上打球。刚选进篮球队的时候，他是篮球队里话最少的男生，却长着一双会说话的大眼睛，他瘦小的身体运球极其稳当，这让队长杜可风打心底认定他的队友，打完几个比赛下来，和叶予净就成了很要好的哥们儿。

"净，你怎么还不回家。"

"等我姐。"

"我陪你一起吧。"

"好。"

杜可风一直注意到看台上坐着一个安静的小女孩，一副若有所思的样子，小小的年纪，心事多得都快要冒出眉头了。这时，她朝自己的方向大声叫喊，杜可风很惊讶体格瘦弱的女孩叫喊声却是这么洪亮，心里不自觉地笑了，还推了一把叶予净。叶予净转头看过去是叶予凌，脸上终于收起严肃的小模样，一条弯弯的弧度舒展在嘴角。

"她就是我姐。"

叶予净飞速跑到看台上，一直站在夕阳里的叶予凌看见亲爱的弟弟朝自己跑来，欢快地在原地跳跃。杜可风也追了上去，听见叶予净和她姐姐的对话，小姐姐说话的时候是温柔友爱的乖乖模样，细小的脖子上歪着脑袋仔细地听叶予净说的每一句话。姐弟俩都长着一双漂亮的眼睛，像天使，杜可风凑上前，心口不一，不小心说了一句大煞风景的话。叶予净被这话逗乐了，只见叶予凌的脸忽然皱成一张豆皮，龇牙咧嘴地追在自己和叶予净的身后。

"风，我要永远守护我的姐姐。"

奔跑的叶予净讲完这句话，笃定地看着杜可风，仰头大笑。

"我也会！"

"一言为定？"

"一言为定！"

叶予净没有如约定那样放了寒假和杜可风一起打球，空荡荡的篮球场在那个冬天，无尽的冷清。杜可风穿上放在地上的棉衣，等了叶予净一个下午却始终没有人影，垂头丧气地回家了。

杜可风永远也忘不了，开学那天全校的人都扎堆在告示栏上看热闹。小脑袋奋力挤进人群，一张有 A4 纸大小的照片无情地贴在告示栏的正中央。照片里的内容残忍不堪，变形的车内饰和玻璃碎渣插在死者的身上，叶予净干净的脸上挂着血泪，眼睛睁得大大的，仿佛无比清楚地看着他右边的位置，像是要说什么。

叶予凌。

杜可风知道叶予净看的方向一定是他曾说的天使，杜可风像只小狮子似的撕扯掉照片。脑子里闪现的全是叶予凌的样子，全是操场上，他们三个快乐的身影，而现在，不知道她是死是活，杜可风年幼的内心扛住死亡那种恐怖的压迫感。叶予凌和叶予净的模样，自此炮烙似的刻在杜可风七岁的记忆里。

纠缠了十年。

命运强悍的手把叶予凌又拉回杜可风的视野中，杜可风万万没想到，在转入市内的贵族学校的第一天，便遇见了叶予凌。可惜，她已完全不认得他，从她身上似乎也看不出丧亲之痛的影子。

整整十年，她又发生了什么？杜可风怜惜地想着。

也许和叶予凌前世是一对冤家，在回家的路上杜可风发现和叶予凌竟然同住在一个别墅区。终于嗅出一丝蛛丝马迹，有钱人的公主，叶予凌，从来不用家里的司机接送，而是骑一辆破烂的自行车，他懂，她在逃避。

杜可风害怕叶予凌知道自己和叶予净自小认识的事情后会勾起叶予凌伤心的往事，于是，他温柔地替叶予凌遮住了那片残阳的天空。认真地看着正飞驰在自行车上扬起孤傲下巴的叶予凌，杜可风大声地告诉自己那个女孩就是他失去十年保护的折翼天使。

杜可风发誓，不会让叶予凌第二次从自己的生命中消失。

3

医生说需要回家修养几天。

杜可风就把叶予凌从医院送回家了，还把王凤凤叫来作陪。

叶予凌立在镜前，看着自己被包得像木乃伊一样的造型，笑得花枝乱颤。好几天没回家，空荡荡的，不过都是自己一个人住。如果爷爷和魏叔叔看见自己这个样子肯定大发雷霆，这过得还算舒坦的小日子肯定要无可避免地经历一场浩劫。叶予凌突然愣住了，怎么会想到魏叔叔？看着镜子里自己的脸，不是很讨厌魏叔叔吗？怎么反倒在乎魏叔叔的感受了，这究竟是什么样的情感羁绊？

"叶子，你家真豪华。"

是王凤凤，她带了一帮人到叶予凌家，并特意叫上自己暗恋的对象——今年新晋的体育委员宋珂。一进门，王凤凤便麻利地脱掉鞋子，就像一匹脱缰的野马，在整栋房子里自由驰骋。

叶予凌干瞪着王凤凤，如果不是手上缠满绷带，估计王凤凤的脑袋早被敲得开出脑花了。

因为王凤凤擅自做主。

"莫语也是一番好意，我当然让人家来了，还有，他也来了。"

王凤凤对叶予凌解释着，眼睛色眯眯地瞄向一个背影。

阳台上，薄奚蓝一。

叶予凌浑身挂彩，最不想让他看见自己这副衰样，最不开心的是，他和莫语是一起来的。看着薄奚蓝一的背影，叶予凌在心里大大地叹了口气。

"叶子，对不起。"

莫语低眉顺眼，任人发落的姿势。

"那个刀疤男是你叫的吧？"

不拐弯抹角。

看着莫语，叶予凌劈头指向问题核心。

就算你莫语不跟着薄奚蓝一假惺惺地来看望，我叶予凌也一定当众戳穿你的假面目，等着瞧吧！叶予凌像看猴似的等着看一出好戏。

"我担心你的安危。"莫语回答，着急地几乎口吃起来，"就叫杜可风去找你，值日完后我家有事就回家了，我对不起你，叶子。"

"叫我叶予凌！"

叶予凌几乎抓狂了，她分明是在演戏。

只是像韩剧里的坏女人，一开始，都伪装成善解人意的好人模样，背地里却是蛇蝎心肠，可恨的是所有的人都不信她们是这样的坏女人。

但也没人相信叶予凌是好人。

薄奚蓝一突然说话了。

像伤口上撒盐，狠狠地弄疼了叶予凌的心。

"叶予凌，你冤枉莫语了，的确是莫语，跑来通知我们的。"

叹为观止啊，叶予凌直夸莫语的演技太好了。气得血脉逆行的叶予凌盘腿坐在地上，心里大呼莫语的演技可以拿奥斯卡大奖了。

"把我手机还给我，拿来。"

叶予凌说话的口吻一点也不像淑女，坐在地上摊开手心问莫语要东西。谁都能看出来，叶予凌在心底抑制着快要爆发的辣椒脾气。

"这是新买的，就当给你赔罪，不要生气了叶子，哦，对不起，叶予凌。"

第一回合，叶予凌输得心服口服。莫语出色的辩解，和她缜密的思维滴水不漏。震惊得半天说不出话来的叶予凌，太小瞧莫语了。

"好，我接受。"

莫语乜着眼。

这一次，轮到莫语吃惊地看着叶予凌的态度突然转变，莫语的手迟疑在空中。仅一秒钟，脸上就露出内容丰富的笑容。

"110吗？我要报警。"

叶予凌拿着新手机正在大声地拨打第一个电话，莫语的脸，忽然急转一阵煞白。

意外地，宋珂一把抢过手机，大家就听见电话里，接线人员重复呼叫的声音。

叶予凌看着同学两年了，今天却是第一次和自己说话的宋珂。

"你，你，干吗？"

"都给你道歉了，叶大小姐！莫语叫人救了你，难道你还要打电话报警把她抓起来吗？"

一身正义的宋珂，不明所以地站出来为莫语出头。

王凤凤失落地低头看着自己的脚尖。叶予凌知道王凤凤的心事，贪吃又多动的王凤凤突然一下安静下来，整个世界仿佛都瞬间安静了。

突如其来的英勇搭救，看在眼里的一切，莫语意外地察觉出班上的体育委员喜欢自己。此时，莫语的纤纤细手很轻快地划过云鬓，脸上的表情，春风得意得紧。

"我打电话抓那个坏人，谁说要抓你家莫语了？"

叶予凌立即弹起来，忘了身上还有包裹的伤口，被气得肺都快要爆炸了。

莫语很尴尬地看了看薄奚蓝一，他没有表情，深邃的眼眸似乎完全没有在意叶予凌和宋珂的对话。莫语恨不得堵上叶予凌的嘴，也恨不得把宋珂从二楼扔出去才解气。

"这些是这两天你落下的作业，我回家了。"

莫语扔下课本扬长而去，宋珂屁颠屁颠地跟着走了。

4

大家都散了。

把玩着莫语买的新手机，是苹果 6 Plus，叶予凌想，真是出手阔绰啊，自己用的小米几年了都不舍得换，也主要是没钱，更不可能向魏叔叔开口。虽然因魏叔叔而变得家境优渥，但除了学杂费和生活费，叶予凌没有零花钱，因为每次她都义正词严地拒绝魏叔叔额外给的银行卡。在叶予凌眼里，魏叔叔的供吃供穿，不过是出于愧疚罢了。高一有一次交学费去银行取钱，叶予凌偶然碰见在银行大厅里做作业的莫语，才知道莫语的母亲在银行上班，父亲从事金融投资行业，万人迷莫语不仅家境好而且很幸福。和莫语比起来，她是真正的公主，自己不过是误住在城堡里的灰姑娘。

　　原以为上帝垂爱，能和莫语成为好朋友。不知道自己怎么了，良好的关系没有往下发展，反而越来越复杂了。也许，宋珂说的是正确的，被绑架的事和莫语没关系，她没有和自己过不去的理由，自己也确实没有人证，证明背后主谋就是莫语。想到这儿，叶予凌咕噜咕噜一口气灌进一瓶苏打水，晃晃脑袋，警醒自己无论怎样都不要被虚情假意的莫语诱骗了。

　　这世上也许能对叶予凌毫无保留的，只有杜可风。他可以付出他的一切，叶予凌想到杜可风撞门时，脸上快要哭的表情，心里忽然颤动了一下。被绑架的事情，也只有杜可风是完全相信叶予凌说的每一句话，他相信叶予凌的推断——莫语从中作梗。那天报警未遂后，杜可风叮嘱不要再报警，免得打草惊蛇，他说他私下去侦查。

　　面对杜可风的热心帮助，叶予凌内心没有一丝感动，自然是不可能的——可是，如果爱情，掺杂了怜悯，同情，那就不是爱情了。

　　重新梳理了一下自己的爱情观，叶予凌的脑子里还是止不住地翻转着杜可风的身影，还有薄奚蓝一。

　　与杜可风不同，薄奚蓝一似乎很公正地对待莫语和叶予凌，他像一只摆钟，不停地摇摆不定。叶予凌想不明白有时候薄奚蓝一对自己那种若即若离的感觉到底是怎么回事。

　　一连几天的卧床休息，叶予凌头脑昏聩。正好熬到了周末，王凤凤微信约出去喝饮料。

　　绿野仙踪。

　　几天没见王凤凤，叶予凌刻意不提体育委员宋珂，无非是担心闺密的心情，叶予凌嘴里咬着吸管喝光了一大杯血腥玛丽。王凤凤却满不在乎地摇晃着二郎腿，大侃在家收集了多少个倭瓜，看了多少部催泪的韩剧。似乎输给莫语，是一件理所应当的事情。

王凤凤说完了又掏出手机打汤姆猫，自己嗨到不行，完全不在意对面还有一个大活人。看着王凤凤玩手机自娱自乐的样子，叶予凌特后悔今天还特意梳妆打扮了一番才出门见见老友，早知道就闷在家睡大觉了！王凤凤假装没看见叶予凌一直瞪圆的眼睛，低着厚厚的眼皮接着砍西瓜。中秋节快到了，又恰逢周末人多，不大一会儿，饮品店就坐满了人。

叶予凌本来以为今天如往常那样，就这么平淡无奇地过了。

"臭丫头，你不认识我了吗？"

突然，几个流氓样的女生，张狂地霸占所有人的目光。

其中一个女生头发挑染成红色，眼神尖锐，隔着一张吊椅，老大似的坐在那里指着叶予凌发问。

叶予凌左右盼顾，确定被问的是自己。

"我认识你吗，红毛 MM？"

出乎意料，叶予凌没被她们自以为很拽的阵势唬住，她回答的话中还带有不屑的挑衅。这惹恼了红发女生身边的几个女生，情绪激动地就要冲过去，却被红发女生制止。

叶予凌仔细打量着她们，通身小太妹的打扮，但稚气未脱的奶味一眼就看出来这一群女生不过十五六岁。

"我叫薇拉。"

红发女生很淡定地把控着眼前的一切，站在她身边的女生有的明显年纪比她大，但她却被捧起来当老大，似乎有两把刷子。叶予凌盯着她们看，使劲儿回想，从同学到邻居，再到朋友，但依旧没有有关薇拉任何的印象，大脑像被洗劫一空似的，只剩下一片空白。

那个叫薇拉的女生，突然狡黠地笑了。

"我是你儿时的玩伴。"

提到小时候，这是叶予凌唯一漏掉的记忆筛选过程。王凤凤这时紧张地看着叶予凌，她刚认识叶予凌的时候就见过叶予凌掉进幻觉里会是什么模样，便急忙扔下钱，拉起叶予凌就往外跑。

薇拉和几个女生的嘲笑声魔怔似的跟在身后，叶予凌仍然努力回想名叫薇拉的女生到底是谁。可是记忆的链条只链住了车祸前后的回忆，别的，真的一无所有。

跑停下来，叶予凌很颓败地耸肩，一直觉得自己很没用，这种感觉此刻尤为强烈，自己如同浩瀚宇宙里的一只微小的蜉蝣，活得毫无存在感。

熙熙攘攘的大街上，夏末初秋的午后露出一丝诡异的凉意。

停在皮肤上的这种温度让叶予凌联想到小时候在湿气大的胡同里，她和弟弟嬉戏追逐的场景。那些幼稚的小游戏却让自己快乐得找不着北。就这样，叶予凌的大脑开始沉浸在记忆的点点片段中，发誓要把它们拼凑起似乎发生在昨天的那些完整的画面。

繁华的大街上，叶予凌流浪狗似的要找到记忆的出口。

十字岔路，有一双能刹那让叶予凌感到平静的眼睛，正和她四目相对。王凤凤就放心地把叶予凌交给了薄奚蓝一，转身，被人群吞没了。

街上人流如织，花脸猫一样的叶予凌抬头看着薄奚蓝一，嘴里一直叨念，失忆了怎么办。薄奚蓝一的呼吸就在叶予凌的头顶，他目光坚定地看向所有人，终于，薄奚蓝一放下所有顾忌，轻轻地揽叶予凌入怀，真切有力的怀抱。

如果可以，叶予凌闭上眼，想，请时间永远在这一刻静止。

往来的行人不时回头好奇地看着这一对缠绵的情侣，他们半数是看热闹还是会在心底默默祝福，叶予凌不在乎。她小声地问着薄奚蓝一，可不可以在全校，在莫语面前，也这样牵起自己的手，拥抱自己。不要误会，不是炫耀，只是对所有人证明，你，薄奚蓝一喜欢的人是我，叶予凌。

薄奚蓝一的眼神从寒冷的冬日跨越到火热的夏天，目光炯炯，温暖的笑容温暖了叶予凌受伤的心。

"傻瓜，我喜欢的是你。"

薄奚蓝一慢慢地低下头，一个柔情蜜意的吻，停在叶予凌的额头上，静静的几秒，像是开启一道封印的密匙，叶予凌真实地听见自己内心那些阴暗的城池，于瞬间分崩离析，腐烂的泥土，霎时开出了娇艳的花朵。叶予凌紧紧咬牙，已泣不成声。

"你怎么会在这儿？"

薄奚蓝一的耳朵贴近叶予凌的头，去听，正埋在自己怀里呜呜咽咽的叶予凌嘴里在叨咕什么。他淡淡地一笑。

"我路过，无意间看见了你，就像你无意间闯进我的心里。"

脸哭得像猪头一样肿的叶予凌，怔怔忡忡地看着薄奚蓝一，她简直不敢相信刚才的话就是薄奚蓝一说出来的。薄奚蓝一薄薄的嘴唇像抹了蜜糖，还亲吻了自己，这是无数的少女都梦想的一刻。

"我是在做梦吗？你掐我一下，一一。"

叶予凌莫名其妙的要求，还取了昵称，斯文的薄奚蓝一忍不住偷笑。

"什么嘛，不掐拉倒。"

说完，一套组合小粉拳落在薄奚蓝一的肩膀上，薄奚蓝一鼓起肩膀上结实的肌肉任由叶予凌捶打。一直高度怀疑自己还在梦游的叶予凌，不愿清醒似的，贪婪地吸吮着薄奚蓝一身上浅浅的清香。

"刚才看着你的时候，你又哭又笑，到底发生什么事了？"

"没什么，我有时会这样。"

叶予凌搪塞过去，薄奚蓝一狐疑地看着叶予凌。

谁都有过去，谁都可以知道，叶予凌就是不想让薄奚蓝一知道自己的遭遇。那段过去，有时候，显得不堪。

因为爱情，叶予凌轻易地掉进爱慕虚荣的漩涡。她不知道还有更多的事情正悄然发生着变化。

薄奚蓝一是个情商高的男生，对于谈恋爱，他内心有一些顾忌，但他也没有坦诚地告诉叶予凌。看着叶予凌涨红的脸，薄奚蓝一没有追问下去。两人扯平了。

道路两旁的路灯散发着微黄色的灯光，如画纸上漾出的一大片温暖的色彩，暧昧地泼洒在行人的肩头和地上。叶予凌和薄奚蓝一，很快就走到叶予凌小区的门口，两人显得依依不舍。为了纪念今天，叶予凌趁机拿出手机抓拍了一张薄奚蓝一的侧面，调皮地朝薄奚蓝一吐吐舌头。

今天的浪漫，突然而至。

来得太快的幸福会不会走得也匆忙？

不知怎的，想到这里，叶予凌的内心很惶恐。似乎没有准备好接受今天忽然掉下来的薄奚蓝一，还是前几天发生了太多的事情？不知道以后还会发生什么灾难呢？焦躁不安的情绪快要揭竿起义，叶予凌只好徒自安慰，或许一切的不安心，是因为自己太在意薄奚蓝一的感受了。

"明天还要上课呢，你快上楼吧。"

薄奚蓝一摆手让叶予凌回家，看着叶予凌转身，突然说。

"晚安。"

幸福的感觉顿时油然而生，像电流一般回流在她体内。

叶予凌回头，就看见薄奚蓝一微微地笑着，不同她说什么，而叶予凌明白，为了这个，她已经等待得很久了。

晚安。

第三章　鬼魅幻影

1

学校的上课铃声，听起来，仿佛永远那么不情愿。

穿过绿植，到操场，一群蚂蚁散步似的学生各自走回自己的班级。

叶予凌眺望着窗外。今天教室出奇的安静，黑板上，永远板书着字体隽秀的化学公式。讲台下，有倒在桌上睡成一片的，还有一部分同学，笔直地"长"在凳子上做练习题。

杜可风像一阵台风一样气势汹汹地卷进教室，他的课桌上堆满了"战后慰问品"。一群他的粉丝每天都关注着杜可风的动向。例如，偶像受伤了，那一群花痴女生送来的燕窝、人参这类营养品，多得快砌成金字塔了。

前排座位，王风风流的口水也快要汇入湘江了。

他的伤势严重吗？

他的伤好了吗？

自打杜可风进了教室，叶予凌一直手捧着书，假装目不斜视地看着自己完全看不懂的几何题库。

杜可风就在旁边坐着，这么近的距离。叶予凌从眼角的余光中，瞥见杜可风的脸，突然觉得那张脸很陌生。

不对，是从陌生到了解，再退回陌生的感觉。

而且，硬生生的，完全陌生。

杜可风坏脾气地狠踢了一下桌子，那些象征着人气的营养品，任性地撒了一地。

在叶予凌眼里，这不过是杜可风正在发公子哥脾气。

"我的死党是个二货。"王凤凤的胆子越来越大，扭头笑眯眯地对杜可风说，"你好，杜可风，开学这么久还没和你打过招呼，上一次都是匆忙见面。"

杜可风像孩子一样，脸上一下释放了笑容。和王凤凤两人，天地会南北总舵主似的，用拳头拍了拍胸口，彼此心照不宣地表示：是的，我认同。

叶予凌光速一般拿起圆珠笔戳向王凤凤的胳肢窝，像癫痫的患者，王凤凤痒得此时疯狂搞笑地扭动着身体。全班顿时哄笑，周围紧张的气氛一下消失了。

上次杜可风搭救自己后，好像还没和他道谢，似乎很应该表示一下自己的谢意，叶予凌想着，对杜可风说声谢谢，真是件头疼的事。思想抗争了一番，叶予凌翻着白眼，心不甘情不愿地从牙缝挤出两个字：

"谢谢。"

"你说什么？"

杜可风装作没听见，很夸张地掏耳朵。

"谢谢！"

叶予凌像受气的小媳妇，十分勉强地讲了两遍。

面对杜可风每次看着叶予凌那种炽热的眼神，叶予凌都不敢直视。现在，干脆用书捂住脸。

"就一句谢谢？我可是流了两吨血，光脑细胞，就死了一个团呢！"

　　对于杜可风顺杆爬的行为，叶予凌很鄙视地把脸上的书朝杜可风没好气地扔了过去。又磨不开面子，只好答应杜可风请他吃饭。登时，杜可风从座位上开心地跳起身，嘴里哼着歌，把刚才踢倒在地上的营养品挨个捡起来，还送给周围的同学，又意犹未尽地和班里几个男生模仿起黑猩猩捶胸口的模样，惹得叶予凌不禁哈哈大笑。

　　也好，直接告诉杜可风，叶予凌想，自己正在和薄奚蓝一恋爱的事实。

　　全世界似乎只有自己认可，和薄奚蓝一恋爱了。

　　他呢？

　　下课后，叶予凌径直走向高二（四）班，心中的那个"他"，薄奚蓝一现在在做什么呢？

　　窗前，薄奚蓝一的课桌干净整洁。

　　他的椅子在他每次离开的时候都会推近课桌。全校每次大扫除，学校所有的女教师都要在高高的讲台上，对那些既不打扫教室，又不整理宿舍的男生夸奖一番薄奚蓝一的行为习惯有多好，继而演化到理论，苦口婆心地说着行为养成习惯，习惯形成性格，性格决定命运的大道理。

　　什么锦绣前程，叶予凌从没想过，高三毕业后爷爷说过会把叶予凌送去伦敦。出国的事，叶予凌亦没想过，没想好要不要听从爷爷的安排，生活中大小琐事好像都不随自己支配。但现在，叶予凌在心里很清楚地告诉自己，决定忘记过去，珍惜现在，因为，自己要配得上薄奚蓝一。

　　喜欢一个人，有时候会让人变得卑微。

　　教室外的走廊上，以三四个人为单位，几十个人各自分组似的围拢成一个圆圈形状的领土。他们或歪着，或站着，一起聊天，打闹，像一把一把同根相连茁壮生长着的种子。

秋风灌进脖子里，紧了紧衣领，叶予凌突然觉得很孤单。

对面教学大楼顶层的玻璃反射着阳光，耀眼的光线向四周伸向远方，直到眼睛捕捉不到光亮。教学大楼背后，衬着成片的绿茵茵的菩提树，太阳一按下光源按钮，菩提树形成的阴翳便洒在教室后面的阳台上、操场上和那些跑累了仰躺在操场边缘男孩的脸上。

薄奚蓝一正在操场上打篮球。叶予凌一眼就分辨出来谁是那天晚上亲口承认喜欢自己的男孩，似乎即使远远地看着他，心里也会获得平静。

叶予凌转身回教室，莫语不知道什么时候出现在身后，差点撞到她。意外发现，莫语的眼睛红肿，白皙的皮肤托着粉红色，在莫语脸上，依然是一副楚楚可怜的模样。叶予凌想到自己对薄奚蓝一提出的要求，莫语正好出现在面前。瘪气轮胎似的，叶予凌软弱地犹豫要不要自己亲口告诉莫语，以大泄心中不快，可是话到嘴边，又吞了回去，没精打采地问：

"有事吗？"

似乎和莫语没什么好说的，也不想再生什么事端。

良久。

"祝你们有情人终成眷属。"

一滴泪花滴落在叶予凌的手上，莫语哭了。

骄傲的公主哭倒在灰姑娘的手里，这是多么有趣的故事啊。叶予凌一时不知道该怎么反应，以为看着莫语失败的脸会是件令人无比畅快的事。可结果，完全没有自己想象中的那样快乐。唯一值得开心的是，莫语并没有把薄奚蓝一追回去，叶予凌现在可以确定，薄奚蓝一，是真的喜欢自己。

"这些是帮你整理的诗朗诵比赛资料，给你。"莫语抹去眼角的泪水，换上一张可爱的笑脸，又说，"我们以后做个好朋友吧。"

瞬间被感动的叶予凌，把资料紧紧攥在手里，捣蒜似的连连点头。

因为薄奚蓝一的喜欢，叶予凌仿佛能原谅世上的一切不对。

刚刚还乐不思蜀的阳光笑脸，此刻，伤心欲绝。杜可风双手插袋地倚在走廊的栏杆上，表情木然。

他全都听到了。

杜可风转身走的时候，仿佛能听见悲伤从他身上掉落在地上的响声，像是水晶摔碎的声音，忧伤清脆。

叶予凌呆呆地看着杜可风远离的背影，一直以来很感激杜可风救了自己，但真的不可以用爱情交换。

对不起，杜可风。

整整一个下午，叶予凌身边的那个位置都是空荡荡的。不知道杜可风去哪里了，是否像他所说的那样去侦查绑架案的真相。他最好不要再理会自己的事了，叶予凌想，他越关心，自己就越自责。叶予凌不明白为什么杜可风这么为自己执着，身边这一团纠缠不清的关系，就像黏在地上的口香糖，怎么撕扯都撕不干净，让人心烦。

不仅如此。

因莫语机警和善解人意的优点，帮助了毫不起眼的女生叶予凌而口碑一路激增。杜可风更是风云人物，薄奚蓝一还是从前那样沉稳，漫不经心。惨的是叶予凌。两大帅哥不约而同地同时喜欢她，对于平凡普通的女孩无疑是雪上加霜，莫名招来恶毒的谩骂。

王风风对着安娜苏的镜子，认认真真地看着自己圆滚滚的脸。

"宋珂说周末约我一起去酒吧玩。"

叶予凌发现，此时王风风的肥脸居然泛起娇羞的红晕。

　　"真的？你们什么时候勾搭上了？"

　　叶予凌故意夸张地拉长"勾搭"两个字音。宋珂常常头顶一头像刚被大风刮过的发型，加上与神话人物钟馗有几分神似，叶予凌直夸王凤凤。

　　"你喜欢的类型是超拽炫酷屌炸天的杀马特风格啊？哈哈哈……"

　　"宋珂真的很帅！"

　　王凤凤两只猪蹄一样的手激动地握在下巴那儿，嘟起嘴。要是看到王凤凤花痴起来的样子，前后三排的同学都会吐成一片。

　　"你听错了，宋珂约的莫语吧？"

　　"嘿嘿，坚决不是，你陪我一起去。伦家第一次约会害羞羞嘛。"

　　挨到周末，最终也没逃过王凤凤的软磨硬泡。

　　叶予凌在衣橱里刨了半天也没找到一身适合去酒吧夜店那种场合穿的衣服。学校附近有两三家酒吧，生意火爆。每到周末，酒吧的店名闪烁着魅惑的亮光，在夜晚的空气里放肆地散发着暧昧的荧光。虽然门口都立着未成年人禁止的牌子，但还是向金钱低头，对着学生群体热烈地展开怀抱。那些扭动着水蛇腰的性感女郎穿着露骨地在舞池跳舞，在发疯似的旋转灯光照耀下，每个人的表情极度变形。任何不被允许做的事情，对于叛逆期的青少年都潜藏着巨大的吸引力，此时，叶予凌忽然想到杜可风。他好几次很想发火，最终被理智压制住了，但一双喷火似的眼睛还是掩饰不住他内心的愤慨。薄奚蓝一的双眼，是一汪碧蓝的湖水，湖面平静，能安抚叶予凌不安的心。只是，叶予凌看着刚翻出来的一条嫩绿色的连衣裙感叹，薄奚蓝一太安静了，似乎感觉不到他身上的热情。

　　王凤凤的电话叫了五遍，生平第一次穿高跟鞋的叶予凌，走路歪歪扭扭地骑自行车驰向酒吧。

2

如果不来，一定错过一场好戏。

进门，一张黑色皮革的沙发上，薇拉坐在那儿，嘴里叼着烟，烟雾缭绕的青丝下，透着一张显然与年纪不符合的成熟的脸。她上半身裹着蕾丝吊带，脚踩着恨天高的靴子，配合两边立着一群身穿黑色服装的小弟。此时的薇拉不是那天的小太妹，俨然一副老板娘的架势。

坐在她旁边的是薄奚蓝一。

叶予凌突然感觉脑子快要炸开了，腿脚不听使唤地朝他们移动。酒吧内开着极强的冷气，冰凉的冷气直达骨缝，舞池那边却传来一阵阵火辣辣的热气。一个趔趄，叶予凌差点摔倒。身体停在半空中，有一只手臂正抓着自己。叶予凌抬头看，杜可风，一张表情漠然的脸。

如果杜可风给自己的感觉是陌生，那么薄奚蓝一却是遥远。叶予凌大力地甩开杜可风的手，生气的不是杜可风总是不顾及男女有别。而是薄奚蓝一，迟缓地，才走到自己眼前，一阵淡淡的难过弥漫在叶予凌的心中。

"你怎么会在这里？"

叶予凌发现自己好像一直在问薄奚蓝一相同的问题，除了在学校，两人还没有过正真地单独相处。

"来，给你介绍一下。"

薄奚蓝一拉着叶予凌，像见公婆似的走过去。

"薇拉，这是叶予凌。"

"这是薇拉妹妹。"

薄奚蓝一转头对叶予凌说。

叶予凌惊讶得无语，脑子一直反复重复着。

"薇拉，妹妹？"

"是我和蓝一哥哥认的干妹妹。"莫语坐在沙发上补充道。

她拉着薇拉的手，那画面，莫语就是一个很有爱心的邻家姐姐。

王风风和宋珂也在旁边，两个局外人似的喝着汽水。一进门就看见薄奚蓝一和薇拉若无其事地坐在那里，叶予凌说话时的口气显得有些吃醋。不知道从哪里跑来的野丫头，薄奚蓝一还居然和莫语一起认干妹妹。叶予凌一时理不清头绪，所有人都在场，仿佛都在等着自己揭开谜语。

"我认识她。"

叶予凌指着薇拉。

"叶子姐姐，我们第一次见面，你怎么会认识我呢？"

薇拉弹了弹烟灰，矢口否认。

叶予凌急忙拉起王风风，王风风手里的汽水由于叶予凌大力拉扯而洒到了地上。薄奚蓝一用疑惑的神情看着叶予凌，因为叶予凌的反应显得过激了。王风风没有配合叶予凌焦急的神经讲出那天在绿野仙踪碰见过薇拉并且还挑衅叶予凌的事情，此时的王风风特别不像平常叶予凌嘴里的"疯疯女士"，而是温顺得像一只没有爪牙的猫。着急得涨红脸的叶予凌看见王风风龟缩着她的脑袋，她眼睛有所忌惮地看着莫语的方向，而莫语，看着宋珂。

一切，不言而喻。

王风风顾及宋珂，宋珂听从莫语，莫语牵制王风风。

全都因为爱。

王风风像傀儡一样的身体，提线的那个人——莫语，原来是戏耍蠢货的高手。

　　唯一能证明薇拉是个处心积虑撒谎的野丫头的人，却沉默了。这么多人看着，连同酒吧内所有疯狂摆动身躯的陌生人仿佛都在嘲笑叶予凌是个精神失常的疯子。并不能怪罪王风风临阵落跑，见色忘义，自己不也因为得到薄奚蓝一的喜欢而开心不已吗？自己不也因为喜欢的人给自己带来莫大的精神和心灵的抚慰而逐渐失去自我吗？凭什么要求好友在爱情和友情面前做艰难的选择？凭什么剥夺好友享有爱情的权利？叶予凌伤心地指责自己，木讷地杵在那里。从进门到现在，叶予凌脚上那双夹脚的高跟鞋像钉子一样钉住脚心，此时的感觉和心脏一样，生疼。叶予凌看着正在喝着嘉士伯的薄奚蓝一，他似乎不知道，他喜欢的女生此时很需要他宽阔的肩膀，和简单的一句：我相信你。叶予凌难过的感觉比刚才更强烈。

　　沙发上，莫语似乎抠不开易拉罐上的拉环，薄奚蓝一放下酒瓶，十分自然地接过手，替她拉开，还拿抽纸，擦干晃出来的几滴可乐。

　　这些伤人的小动作。

　　叶予凌静静地看着薄奚蓝一和莫语一动一静默契的举动，他们才是般配的一对。莫语举着易拉罐，看着叶予凌，轻轻地摇晃了一下。是的，她又扬起胜利的旗帜了。

　　如果今天就是想让自己亲眼看见，平常薄奚蓝一和自己不在一起却和莫语在一起的画面，那么够了，叶予凌闭上眼，心痛得几乎要瘫倒在地。

　　一直酷酷地站在一旁冷眼旁观的杜可风，悄悄搬过来一张椅子，轻轻地放在叶予凌脚后。叶予凌有些颤抖的双腿不经意碰到凳子，像是找到避风港似的，一屁股坐了下去。酒吧内凳子要么是夸张的国王椅要么是颜色刺目的塑料椅，坐定后的叶予凌低下头，看见自己坐的是质地舒服的国王椅，椅子旁边，站着忠心耿耿的骑士——杜可风。

"我们以后就要像现在一样常常一起出来玩啊。"

莫语柔美的声音，举着可乐在空中做干杯的动作，一下找到了跟随者，薇拉的酒杯凑了过去，玻璃杯和铝制的易拉罐就发出了不闷不响的声音。

"不过，叶子姐姐，我真的认识一个姐姐长得和你很像。"

薇拉起身走过来，恶狠狠地瞪了一眼杜可风。而杜可风一直目不转睛地看着莫语。

"是吗？"

薄奚蓝一似乎现在才想起来叶予凌还在这里，听到这个话题饶有兴致地看着薇拉。像不介意自己给别的女生贴心服务一样，似乎也不介意刚才另一个异性为自己的女友送上椅子。他看到薇拉走到叶予凌旁边，薄奚蓝一招手让叶予凌坐到自己身边去，叶予凌正在闹别扭，以跷起二郎腿的姿势回绝了薄奚蓝一。

"真的呢，蓝一哥哥。"

薇拉甜腻腻的嘴，那模样喊出的是亲哥哥。

"可惜那个姐姐是个孤儿，她……"

"别说了！"

叶予凌再也坐不住，额头上全是细密的汗珠，很粗鲁地打断薇拉。

薄奚蓝一第二次以不解的眼神认真地看着叶予凌。水蓝色的灯光打在薄奚蓝一的脸上，映衬着他线条立体的轮廓，不温不火的眼神像温文尔雅的王子正看着自动投降的敌人。不过，叶予凌没有主动降服，却再次选择对薄奚蓝一逃避自己的过去。在她眼里，薄奚蓝一的反应像是在温柔地说出"叶予凌很没修养"的残忍的话。

莫语摇晃着自己的小脑袋，嘴里念着绕口令，自己和自己玩耍，样子可爱极了，突然，她站起来。

"薇拉，告诉莫语姐姐，那个孤儿后来怎么样了？"

薇拉像听到口令的小狗，拉开阵仗欲往下说。可是，刚上膛的子弹，却意外地在枪管里走了火。

杜可风呛声。

"变成了很美丽的天使。"

杜可风歪嘴坏笑着，薇拉气得踩着恨天高扭回去了。眼神飘向左，杜可风又定定地看着莫语。不知道的人还以为他也是莫语的追慕者。薄奚蓝一的眉头不妙地挑了挑，似乎觉察出异样。周末的同学聚会，大家都心怀鬼胎。

四周飘散着咄咄逼人的火药气味，王风风拉起宋珂去舞池跳舞，她的身形比宋珂足足大一圈，在舞池中央跳着超夸张的自创舞步。和叶予凌性格容易自抑的一面比较起来，王风风却是不折不扣的逍遥派作风。看着王风风没心没肺地疯闹，叶予凌突然担忧起来，也说不准自己在担心什么。

杜可风朝着舞池上边那几个打撰的年轻人打了一个响指，震耳欲聋的嗨曲骤然变成曲调清新悠扬的圆舞曲。杜可风绅士一般微躬着背，右手滑到叶予凌眼前，做出邀请的姿势。叶予凌这才发现，杜可风穿着平纹雪白的衬衫上系着一个紫红色绸缎的温莎结。那个平常惹自己生气的小瘪子，此时眼睛明亮，像一轮新月，他清澈脉脉的眼睛里正映照着自己的脸。舞池内，此时有人不断拍手喝彩，叶予凌不肯去，杜可风便一把拉住叶予凌，飞速滑进了舞池。五彩斑斓的射灯绚丽地照亮着舞者，美化了一切丑陋的棱角。叶予凌回头去看薄奚蓝一，他的眼神深不见底，深得仿佛透不出温暖的感情。他并未如自己期待那样，起身冲过来把自己拽到身边，紧紧抱住，向全世界大声地宣告这个平凡的女生是他独有的，他似乎一点这个意思都没有。此时，叶予凌的眼泪，一下子汹涌而出。

爱一个人，有着不知疲惫的辛苦。

薄奚蓝一，给自己的，是自己都不确定的喜欢。叶予凌挪动着沉重的脚步，手脚冰凉，忘记了高跟鞋的疼痛。

舞池中，杜可风的嘴唇温柔地开合。他在叶予凌的耳旁轻吐：亲爱的，如果你累了，我们回家。这一支华尔兹似乎永远不想停歇，仿佛舞池中的人都在幸福地转着圈。

薇拉不见了，她像夜妖，突然露出青面獠牙的面目，摄人魂魄，趁人不备又转瞬消失。薄奚蓝一呢？叶予凌的目光像寻找黑暗中狂风暴雨的海面上的一盏灯塔，薄奚蓝一的身影也消失了。只剩下莫语端坐在沙发上，每一个开始和结局，她都在场。莫语的外表是白天鹅，内心像一个永不言败的拳击手。有时候，叶予凌想想，自己很佩服莫语身上求胜的定力，也因此她光辉灿烂，不愧是最闪耀的那颗恒星。叶予凌嘴角苦笑，嘲弄着自己。

虽然讨厌杜可风，想到他那天在走廊上转身离去时的神情，叶予凌停下脚步，缓缓地推开他的手。三人游的纠缠，总有一天像会爆发灾难似的伤害到三个人。薄奚蓝一和杜可风，叶予凌谁都不想伤害，如果可以，希望所有自己曾经和现在记得以及不记得的人都能幸福平安。叶予凌抬头看着杜可风，他忧郁的眼神一直看着眼前的叶予凌，很安静地看着。

他的眼神夹杂着一丝忧伤，他不知道是否会再一次失去叶予凌，他近乎狂热地死死守住他心中的诺言，他曾深深地体会到从失去到失而复得的心情起伏。叶予凌突然感觉到杜可风身上灼热的情感熊熊燃烧着他心中对爱的信仰，望着他的眼，一阵快要融化自己的感动蓦然袭来。

莫语离场之前，礼貌地和每一个人打招呼。扮演完邪恶的始作俑者，又重新回到善良的躯壳下，天衣无缝。

叶予凌手机里躺着一条薄奚蓝一离开酒吧时发的信息，内容寥寥几个字：

送薇拉妹妹回家，你注意安全。

删掉，睡了。

3

女生间的这些谈话。

"他好老土，用写作文来示爱。"

"那个 xxx 是不是在和 xxx 谈恋爱？"

……

聒噪地说了一大堆，当事者一概不理。连她们自己都说得没趣的时候，终于重新回归到月考那道难得要死的思考题，班上又只有杜可风和莫语能做出来的正常话题上。

叶予凌的目光落在字迹潦草的笔记本上，手里不停地转着笔，看着桌上那张试卷上的成绩，顿时没力地头歪在墙上。

唉，真是几家欢喜，几家愁啊。

叶予凌斜眼瞄着旁边的座位，杜可风又不知道跑哪儿去了，这个风一样的男子。叶予凌想，他妈给他起名字的时候，应该是按照杜可风凭空消失的速度取的，老师分发试卷的这一会儿工夫他又不见了。他试卷上的分数真是遥遥领先叶予凌不止一个星球的距离，看着，叶予凌郁闷地迅速把自己的试卷揉成一团。杜可风又能玩，学习又顶好，他脑子里一定植入了某种智能双核芯片，叶予凌嫉妒地想到电视里的一句广告词来揶揄他："妈妈再也不用担心我的学习了。"

此时，同样看着试卷上悲催得分的还有王凤凤。一连几天，叶予凌并没瞧见王凤凤如自己意料中那一张超兴奋和超夸张的笑脸。叶予凌把手上那团试卷扔到王凤凤头上，王凤凤回头，嘴里还叼着麦当劳的五色蔬萃卷，这胖妞改吃素了，看来爱情的魔力足以抵挡任何肉食的诱惑。

"王疯疯啊，你的头撞到我的纸团了。"

叶予凌嚣张地抖着腿，恶人先告状。王凤凤愤愤地抓起掉在椅子上的纸团，疯狂地将纸团捏得更小更圆，她迅速张开嘴。接着，王凤凤做了一个挑战灵长类动物智商的举动，她把纸团放进了嘴里，疯狂地咀嚼着，回头，圆睁的两眼看着此时已惊讶到痴呆的叶予凌。

"你也用不着用这样无声的方式抗议我对你的友好吧？"

"你到底要干吗？"

王凤凤叉腰反问叶予凌。

"呀嚄，小样，态度还横是吧？"

王凤凤拼命捂住两只耳朵，嘴里接连蹦出：

"叶子，叶子你轻点，这不是驴耳朵。"

叶予凌揪住王凤凤的肥耳，愉快地享受王凤凤的求饶。前后桌的同学侧头听见这对白痴姐妹花制造出的动静，面无表情地又埋头做题。

"走，出去和你算账。"

王凤凤喊着哎呀呀，被叶予凌拖到楼梯口去了。

"你和宋珂怎么样啊？"

"什么怎么样，能怎么样啊？"

坐在楼梯口，王凤凤仰头，一脸迷茫地看着墙上洁白的吸顶灯。叶予凌不满意这样的回答，假装做出要揪王凤凤耳朵的动作，胖妞又像煮熟的小龙虾一样缩成一团，死死捂住耳朵。

"叶子，你还生气吗？"

王风风的眼神似乎回到了那天晚上。

"有必要生气吗？就算你说出来，也没人信我们。"

"他们，薄奚蓝一和莫语？"

哪壶不开提哪壶，王风风扭头问两手托腮的叶予凌。

"对。"

叶予凌很平静地回答，王风风颇感意外，自己这回没被叶予凌弹脑门，心有余悸之余还摸摸上次被弹得爆疼的额头。

"那个薇拉到底怎么认识你的，怎么跑来一会儿说认识一会儿又不认识你啊？"

"不知道。"

叶予凌想破脑袋也不知道薇拉从哪儿冒出来的？接近自己有什么阴谋？薇拉似乎很确定她是叶予凌小时候的玩伴，努力打开回忆的盒子，叶予凌拿着放大镜在脑子里搜索有关薇拉的记忆，可就算掘地三尺，薇拉是谁？依然还是一个问句。

但薇拉和莫语站在一起，似乎暗示着有一场大风暴即将盛装袭来。重要的是，没人相信她俩真是坏孩子。每每薇拉出现，叶予凌浑身不寒而栗。叶予凌突然发现，发生在自己身上的不幸，不只是亲人离去，还有挥之不去的那段记忆，它们随时随地恣意地对自己内心深处最柔软的地方发起猛攻。而自己，束手无策。

这种无能为力的感觉，就像明明大脑意识清醒了，但是身体却不能动弹，一种不知名的力量和恐惧控制着僵硬的四肢。在黑暗中，大声呼救。等待几秒后，听见的，只是自己寂寞的回音。

每当想到此时，叶予凌的脑子里就不自觉地想到薄奚蓝一。他好像陪自己站在黑暗中，但是凑近距离，发现薄奚蓝一的眼怎么也是黑暗的？

他对于叶予凌，仿佛是黑暗中一个模糊的意向，当叶予凌张开双臂想要抱住他，他却消失在黑暗的背景里了。

王风风的手此时环了过来，搭在叶予凌的肩上，似乎想了很久似的，她说：

"叶子，我酝酿了一个很臭的甲烷，这个，别名，你知道吧？"

"啊！！"

"逗你玩呢，看你好半天了，也不出声。"

叶予凌一手捂着鼻子，一手举着要痛扁王风风一顿的拳头，转而，松开拳头摊开手掌，很友情地覆盖在王风风的头上。

"谢谢你，疯疯。"

"呃，接下来你是否要问我有没有男友，我说，还没，你是否问有无女友……"

"去死！"

叶予凌高举着骷髅一样的拳头，追着王风风跑。

上高中以来，和王风风无数友好的感动画面闪现在叶予凌的眼前。叶予凌很义气地设想，如果自己有魔法能促成宋珂和王风风该有多好。无奈的是，自己也深陷感情囹圄，乱成一团。

"你快出来！"

王风风脸色难看，冲叶予凌大叫着，但叶予凌还不知情地站在那里扭动屁股。

"来抓我呀，你来呀来呀。"

叶予凌尖着嗓子说话的声音，嗲到让王风风的鸡皮疙瘩掉了一地。面对叶予凌此时不合理的风骚挑衅，王风风来回撞着自己的头。叶予凌目前的状态，那样子，手上就差一条丝质手绢了。

"你还跑不跑了？叫大爷，快。"

叶予凌咧嘴大笑，说完，定定地看见王风风，她那张胖脸的脸色似乎异常怪异，正焦急站在原地对着自己激动地指手画脚。

直到一副极具磁性的嗓音停止了叶予凌模仿王风风的动作。

"同学，这是男厕。"

叶予凌保持着一种奇怪的姿势听完这一句提醒，抬头一看，门上贴着的"男"字，此时无限放大得快要撑破眼眶。

那副磁性嗓音继续问：

"你刚才让谁叫你大爷？"

厕所内，旋即爆发出一片浑厚嗓音的笑声。叶予凌脸红红的，回头看那个一直俯在自己耳朵旁说话的人。那人此时正对着叶予凌嘟了嘟嘴，比画出闪亮的剪刀手。

"杜可风！"

叶予凌大声吼叫。

王风风无奈地解释，怕叶予凌丢面子才没直接说。

"你比画半天难道我就有面子了吗？为嘛不直接说？"

此时，不断有男生经过叶予凌的身边一面掩面笑着，一面搭腔。

"你现在已经很有面子了。"

杜可风拍拍屁股早溜了，叶予凌急忙冲出去，转身的时候，突然看见一个熟悉的面孔。

薄奚蓝一唬着一张脸，走到叶予凌身边，用极快的语速说："我们谈谈。"

男厕所旁边早就围满了人群，那些低语说着坏话的声音，刺耳地传向薄奚蓝一。他大步朝前，三两步，就和叶予凌拉开了距离。一前一后地各自走着，叶予凌心怀不安地跟了上去，看着薄奚蓝一孤傲的背影，心里有说不出的落寞。期待已久的交心长谈却是以这样丢脸的方式开头，叶予凌后悔得想赏给自己一个大巴掌。

天台上，风很大。

手扶防护栏，从站定的这个地方的角度，叶予凌曾看见操场上，薄奚蓝一单手执篮冲破对方的防守，从腰后快速向前奔跑着运球，千钧一发之际飞身投入一个三分球，篮球就潇洒地落入篮筐，篮球场上，那些女生的尖叫声仿佛现在附着风声还能听见。薄奚蓝一对周围没有任何挥手或者耍帅似的回应，他发梢上滴落的汗水，又滴在篮球上。他擦擦脸，继续心无旁骛地打球。他在做什么或者想做什么，似乎他能对周围的环境竖起临界，以他为中心，其他人和事都影响不了他。

"从现在开始，我问，你答。"

薄奚蓝一一张严肃的脸。他其实并未在乎叶予凌偶尔为之的小迷糊。

"我知道你要说什么。"叶予凌抢在薄奚蓝一前面，心里紧张得怦怦直跳，"分手吧。"

薄奚蓝一惊讶地伸长了脖子。

叶予凌冷不丁地抛出这句话，令他始料未及。她很清楚，只想听到薄奚蓝一对自己和莫语是怎么区分对待的，要一个准确无误的解释或者讲解。

也许，薄奚蓝一期待站在对面的她舒展着自己最喜欢的她明媚的笑容，然后，轻轻地为自己解答疑惑。薄奚蓝一看着眼前倔强的叶予凌一时间竟不知该说些什么。他突然发现，她不懂自己习惯沉默，习惯将误会和答案氤氲在心里。

薄奚蓝一显得有些失落地蹲在地上，用拳头奋力砸着水泥地面。叶予凌很吃惊地看着薄奚蓝一的反应，这恍若是杜可风才会这样直抒胸臆地表达情绪。但无论薄奚蓝一做什么，都对于叶予凌有着巨大的吸引力，于是叶予凌顺应地也蹲在地上，忍着内心的委屈。这个举动像是后悔刚才说出来的话，像是主动求合。而薄奚蓝一迅速站起身，恢复着王子的姿态。蹲在一旁的叶予凌仰头，逆着光，看着薄奚蓝一，他轮廓分明的脸上，似乎没有难过和挽留的意思。

泪，终于滴在了鞋上。

4

天色一连阴沉了好几天，铅色的浮云灰蒙蒙地压在学校的头顶上，闷得喘不过气。

因为辩论大赛的事，叶予凌几乎从周一到周五都陷入无头绪的忙碌中，背资料，练习，下午这场大赛比每月的月考还紧张。叶予凌有点后悔自己做了个这么白痴的决定。

莫语抱着一堆资料朝叶予凌走过来，她脸上轻松的神色，仿佛两个小时的辩论大赛只是一件张口闭口的小事。

难得看见莫语走到教室后面，周围瞬间围来一群假意问问题的男生。叶予凌看着莫语，她精致的侧脸，此时脾气温和的态度对那些男生不厌其烦地一遍又一遍重复讲解解题方法。明知醉翁之意不在酒，莫语却并不揭穿他们，她仅是看破不说破。叶予凌颓败地想，如果自己是男生，说不定也和他们一样，深深地迷恋着这个无可挑剔的女孩。

当然，差别对待很明显。

叶予凌很明显地感觉到莫语同学对自己与别人的差别。她笑意地目送完那些男生女生，迅速变脸，转头，给叶予凌甩来一沓大赛资料，说："最上面的这张，有几道辩论题目，你看看。"

几道题目，叶予凌默念：理想人才以仁为主，理想人才以智为主；学生成绩差是自身原因，学生成绩差不是自身原因；个人命运是由个人掌握，个人命运是由社会掌握……

"这两道题目，你最有发言权了。"

莫语指着最后两个题目，用讥诮的眼神看着叶予凌。

"是吗？如果我现在不想参加比赛了，那么你去哪儿找人哩？"

威胁这招，叶予凌漂亮地还击。说完，十分拽的样子看着莫语。

"你是我最要好的朋友，你可别多想啊，叶子。"

莫语意外地被呛，她相信叶予凌是能说到做到的，于是贿赂地又说：

"题目早就拟定好了，是关于个人命运这一道，我们几个是正方，但是，无论比赛结果怎样，我都请大家去度假！"

"成交。"

叶予凌自觉占到大便宜了，甩开压在资料上的莫语的小手，毫无顾忌地拿起资料，前所未有地专心背着资料。什么题材什么现场抽签大赛对手，她才不在乎呢。

辩论大赛前半小时。

"叶子，你紧不紧张？"莫语看来是真的很害怕叶予凌临阵脱逃，不断殷勤地帮叶予凌扇着风。

"废话，我现在悔得肠子都青了。"听到叶予凌的态度，莫语扇得更加卖力了，一瓶接一瓶的矿泉水塞给叶予凌。而叶予凌就大口大口地往肚里灌，灌到一半，手里的水瓶子已经被人夺去，抬头，杜可风。

"少喝点水，否则一会儿紧张会想上厕所的。"

"要你管。"叶予凌小声嘀咕。

周围的女生见是杜可风，立刻换上一副甜得要腻死人的笑脸。站在最前面的那几个女生想不留痕迹地伸手拉住杜可风的胳膊，杜可风轻轻往后一侧身，那些女生的爪子就抓错了人。

薄奚蓝一。

他礼貌地含笑，推开拉错手的人，朝叶予凌微微笑。莫语一见是薄奚蓝一，大感意外他会来现场。因为之前邀请他参加辩论大赛，他婉拒了。

　　叶予凌不明白薄奚蓝一的这个微笑是什么意思，她局促不安的脸上挤出一个似笑非笑的笑容。薄奚蓝一像是收到只有他和叶予凌能懂的暗号，他点点头，旋即坐到人群中了。

　　叶予凌登上台，台下黑压压的一片人，顿时感到浑身发麻，从脚底一路麻到了头盖骨。大赛时间一分一秒地过去，叶予凌感觉每一秒漫长得像一个世纪，连答辩都是机械化的，连她自己说了什么都不知道。只觉得台下的人越来越少，但有一个身影，薄奚蓝一，他安静地坐在那里，叶予凌仿佛觉得薄奚蓝一是来为自己加油打气的。

　　事情和叶予凌想象的一样顺利，但是，当进行到自由答辩的时候，副班长突然胃疼，只好临时换人。莫语狠狠地瞪了几眼副班长，无奈之下只好从观众席里挑一个同班同学。这时，台下议论纷纷，倒喝彩的声音显得莫名的大声。

　　杜可风自告奋勇，起身，三步并作两步，"精气神"十分好地从座位走上答辩台。

　　"大家好，我叫杜可风，今年，一米八五。"

　　台下笑倒一片，顿时爆发阵阵掌声。

　　接下来的半个小时完全是杜可风的专场，他侃侃而谈，时而幽默机智时而慷慨激昂，每一个表情和手势都做得恰到好处，感染力十足，他的讲话完毕，全场起立响起雷鸣般的掌声。

　　正在叶予凌发呆的空当，评委已经宣布，正方获胜。其他几个辩手都露出特别兴奋的表情，叶予凌无所谓地看着，好像与自己无关。她在欢呼雀跃的人群中，寻找一个安静孤傲的身影。

　　果然，身材颀长的薄奚蓝一无所用心地走到叶予凌面前。她还站在答辩台上，只能低着眼看台下的薄奚蓝一，隔着一米的距离。无论是叶予凌还是薄奚蓝一，身边都是杂乱的人影和喧闹的人声，他们俩的脸上都写满了事不关己的漠然。薄奚蓝一仰头去看叶予凌，他的脸，如同那天在天台上的那样冷若冰霜，不过，语气里透出一丝温柔，他说："大赛完了，去后台休息一下，晚上也早点睡。"

此时，莫语冲到台前，相当于只有三步阶梯的高度，也就是说，只要轻轻往下一跳就是台下了。但莫语来回踩着碎步，想跳又不敢跳，或者害怕跳下去摔坏了的表情，十分步步惊心，全都集中刻画在她那张巴掌大的小脸上。这娇弱的小动作，分明是有心地留给有心人看的。台下当然已有不少解风情的男生伸出双手，都快要搭起人手阶梯了，莫语似不满意地往下瞟了一眼，继续着急地踱步。完全在叶予凌的预料之中，一只干净修长的手，此时绅士地伸了过去。莫语终于娇笑着，轻柔地将手搭在薄奚蓝一的手上，她跳下去，站在了他的身边。美好的结局是，引得周围投去一片歆羡的眼神。

叶予凌感觉这样浅陋的秀恩爱实在是很恶心，在薄奚蓝一一直看着自己的眼神中，叶予凌傲气地转身离去。转过去，就结结实实地撞在了杜可风的肩膀上，他看好戏似的，并不意外地被叶予凌撞了一下，嘴里说："撞傻了？我这风华绝代的肩膀撞一下，十美元。"

刚才那个气宇轩昂的最佳辩手杜可风不见了，又换上原来那副很屌的痞子样。他没注意到，就在刚才那阵狂风暴雨般的掌声中，叶予凌也情不自禁地为他鼓掌了。

"我这风情万种的门牙被了撞一下，一百美元。"

嘴唇被外力挤压在牙齿上真心疼，叶予凌仰起头，看着杜可风，愤愤地揉着自己的嘴唇。她以为杜可风此时又要耍无赖，或是贫嘴半天。但杜可风突然把叶予凌推到台前，如果力气再大一点，没错，会完全把叶予凌推到薄奚蓝一的怀里。

"薄奚蓝一，你喜欢叶予凌吗？"

杜可风双手插袋，标志性的动作，眼神里，满是不屑。他说话的声音不算大，但高声喧哗的礼堂，霎时，阒寂无声。

薄奚蓝一抬起头，疑惑地看着叶予凌，然后对站在自己对面的杜可风莫名其妙地摇了摇头。

杜可风调侃似的咂了咂嘴，显然是对薄奚蓝一不明朗的回应感到不满意。他走到叶予凌身边，就像是什么都没发生过一样，轻轻拍了拍她的头，再看着薄奚蓝一，用掷地有声的声音重复了一遍刚才那个问题。

薄奚蓝一的脸上依旧是波澜不惊的神情，这次他用站定的姿势看着杜可风，头稍偏左，又迅速地正过头。

"我喜不喜欢叶予凌，和你有关？"

整个回答，他脸色静穆。

而杜可风并没有回避的意思，双方僵持地看着对方，仿佛能听见眼角间流窜着的火花，吱吱作响。

站在两人之间的叶予凌，吃惊不已，张大的嘴都能塞进一个包子了，像此时此刻的所有人一样，莫名其妙又胆战心惊。她转脸瞪着杜可风，几乎到了横眉冷对的地步。

杜可风无奈地耸耸肩，全然不受影响，继续他的问话。

"你就回答喜欢，或，不喜欢。"

叶予凌再也按捺不住紧张的心情，手心一直冒着密密的汗水，紧握着拳头，指甲深深地掐入皮肤。她怔怔地望着薄奚蓝一，此时，她听见自己内心的声音强烈有力，去他妈的朋友，去他妈的友谊，去他妈的一切！你回答啊！

而薄奚蓝一只是轻轻地收回了看着叶予凌的眼，一边打开一瓶水，一边低头，用杜可风的语气反问叶予凌。

"他是你男朋友吗？"

顺着薄奚蓝一指定的方向，叶予凌不必侧头看站在自己身边的杜可风，便用干脆利落的口气认真地回答薄奚蓝一。

"当然不是！"

薄奚蓝一似乎很满意地似是而非地点点头，转身走掉了，莫语紧紧地跟在身后。叶予凌看着神色不安紧追着的莫语，忽然觉得她有时候很可怜。

此时，叶予凌转身欲离开，杜可风却一把拽住她，紧紧地拉住她的手。叶予凌试图甩开杜可风的手，但每次甩开却得到更大、更有力的回应。直到被杜可风因为太用力地拉扯，而弄得手疼。疼痛感，顺延着叶予凌的手腕、手臂，再到全身。最终，叶予凌没有力气再去反抗，她手微微发颤，干哑着嗓子，闭眼，难过地哭了。

杜可风绕身，站在叶予凌面前，看着她，语调平静地问："女生是不是只要陷入恋爱中，就会很盲目？看不清楚？"

叶予凌狠狠地瞪着杜可风，哭红的脸上，微微涨起红血丝。

"你凭什么这么问他？这是你的事吗？你有什么资格可以这样？把我当小丑一样涮着玩很有意思吗？"

眼前，叶予凌的情绪几乎到崩溃的状态，杜可风冷静地看着。

他忍住想上前抱住她颤动的双肩，抚摸她的双颊，柔声告诉她，她是个小笨蛋，她的每个表情都会牵引住他的心跳。直至隐约感到心脏传来心疼的感觉，杜可风痛苦地咬牙吸气，依然站立在原地不动，语气中丝毫没有退让，说教似的对她说："接受一个人不喜欢自己的事实很难吗？"

听后，叶予凌的脸上现出迟疑又确定的神情，她终于哭出声了。她掐着自己的衣角，头也不抬地对杜可风冷冷地说："这句话，同样适用在你身上。"

叶予凌一步飞身跳下答辩台，冲出人群，留下逃亡似的逃离的身影。

5

世上最远的距离不是我站在你面前你不知道我爱你，而是两颗明明相爱的心之间掘有一条无法逾越的鸿沟。

厚厚的一本词典里夹着一张泛黄的书签。念完上面一排细小的字，叶予凌抱着书坐在阳台上发起呆来。家里随处散乱着没清扫完的衣物和书本，这需要花时间整理和清扫的局面，有点像自己和薄奚蓝一的关系，叶予凌这么比喻着。于是她打开手机，把QQ名称改为："未完成"。好友列表里，薄奚蓝一的头像永远都是灰色的，叶予凌曾单独为他建立过一个名叫"珍爱"的列表，这一栏列表里曾只有薄奚蓝一。叶予凌翻看手机，查看薄奚蓝一留下的影子。遗憾的是手机里已经删除了他的相片，没有信息和电话记录，网络上没有网上留言，抽屉里没有传送过的小纸条，储物柜里没有相互送过的礼物。他什么都没有留下，很清爽。安静的房间里，叶予凌突然哑然一笑，和自己恋过的人原来像空气一样不能捉摸。此时，放着音乐的CD播放着梁静茹的声音：

> 有时候，走过一段路，心才会清澈，也才会看到，关于爱，延伸的滋味，不要去发酵，仔细思考，爱过的他和流过的泪，都会是珍贵的记号，忘不忘，不重要，只要准备好，明天的微笑，无论在天涯海角，相信爱总会千方百计把你寻找。

失恋后，叶予凌以为自己会号啕大哭，原来真正的伤心，是没有眼泪的。忽然顿悟，爱情是一场没有硝烟的战争，谁都不可避免地成为牺牲者。似乎经历过一场早夭的恋爱，叶予凌对爱情有了重新的理解。

魏叔叔出现得很合时宜，这一天是叶予凌的生日。

就像第一次见面，魏叔叔的手里拎着大包玩偶站在叶予凌乱糟糟的房间里。常年忙碌生意上的事，看着眼前已出落得亭亭玉立的叶予凌，魏叔叔不禁抬了抬眼镜。看着，不觉眼角闪亮着透明的液体。在眼泪没掉下来之前，魏叔叔把手里的玩偶全放进叶予凌的手里。再转身找到一处能坐的地方，不好意思地坐了下来。好像他感觉自己的到来严重打扰到了叶予凌。很明显地看出魏叔叔不适的叶予凌倒了一杯茶水递给他，接过茶的魏叔叔像是若有所思的小口呷着。大概是因为这杯茶的味道区别于其他，魏叔叔忍不住从西装里拿出一块棉布方巾，擦拭着眼镜上沾染的泪珠。

话题还是从叶予凌的妈妈开始。

"小凌，我对不起你妈。"

魏叔叔放下茶杯，准备长谈，无意间瞥见叶予凌手里的那张书签。叶予凌慌忙将手背到身后，以为魏叔叔会给自己脸色看，而放下茶杯的魏叔叔只是轻描淡写地笑了笑。

仔细算算，叶予凌从未在魏叔叔面前叫过爸爸。魏叔叔突然造访，叶予凌听不见别的话，她唇齿之间一直在纠结着如何开口。魏叔叔似乎不在意称谓，用缓缓的语速叙述起他和叶予凌的妈妈之间的故事。

"小凌，请你不要责怪你妈，她拉扯你们姐弟二人生活过得很辛苦。"

魏叔叔讲了很多，这句话是讲得最多的一句。每次提到"姐弟"时，他说话的声音还是颤抖。叶予凌回到阳台上坐着，看着日复一日地撒在阳台上的阳光，静静地听着魏叔叔的话。不知道今天是生日还是刚失恋的缘故，总之，对于魏叔叔的到来，叶予凌没有表现出反感，自己都感到意外，连续在心里认真地反问：时间，真的可以治愈一切？

魏叔叔说话时，手肘放到腿上，因为那次车祸，他的左手桡骨粉碎留下后遗症。叶予凌不敢再乘车，而魏叔叔再也没开过车。

"我知道你一直记恨我，你今天满十八岁，是大人了，我想，有些事你应该知道。"

叶予凌走进客厅，似乎魏叔叔今天来不仅是给自己说祝你生日快乐之类的话，还有更大更多需要自己承担的事情。心情，莫名地沉重起来。魏叔叔坐在杂乱的客厅，显然不符合富豪该有的派头，近距离看他，中年男子略微发福，额头上隐隐约约的川字纹，两鬓也贴着零星的白发。看着，叶予凌不觉鼻酸难耐，一直忽略了，岁月的这头，魏叔叔也是那场车祸的受害者。

"小凌，你爸爸，还活着。"魏叔叔看叶予凌的眼神从歉疚到此时的复杂，一口气喝完杯子里的茶水，像是振了振精神，又说，"目前还没找到你爸的具体地址，我需要点时间，会帮你找到你爸爸的。"

像无数条虫子一样的泪痕爬在叶予凌的脸上，自己曾无数次在梦境中喊叫着的爸爸，他居然真的还活在世上。叶予凌浑身不停地颤抖，内心那一片阴霾的天空，第一次放晴。魏叔叔起身，眼色凝重，看着叶予凌，似乎还要补充什么，最终拍了拍叶予凌的肩膀，离开了。

叶予凌打扫完所有房间，累得把身体陷进沙发。每年的生日，叶予凌都不过的，甚至是逃避。比她晚一分钟出生的叶予净，小小的年纪却葬身在车祸里。想到和弟弟一起过生日，弟弟为自己唱生日歌时开心的脸，叶予凌憎恨自己在独自偷生。

此时，杜可风骑着哈雷摩托在叶予凌楼下大喊大叫。

高档别墅的居民的整体素质被杜可风一声声的波音功瞬间拉低。

以前无论在哪个角落，只要听见是杜可风的声音，叶予凌全身就会不自觉地陷入备战的警戒状态。学校拿奖，特赦似的放了三天假，上次辩论大赛之后，叶予凌的手机一直关着，她是在躲避自己身边的一切，很没底气地把自己关在家里。叶予凌想到曾在杂志上看见一句让人掉眼泪的话：因为懂得，所以宽容。其实，叶予凌很清楚自己，在这个世上，并不恨谁，她只是恨她自己而已。

杜可风的叫声越来越大，叶予凌鬼使神差地爬起来，揉着快要睡着的眼，在脑子不清醒的情况下，似乎不计前嫌地冲到阳台上朝杜可风有气无力地挥着手。戴着头盔的杜可风，被突如其来的友好接待激动得握住把手，向前俯身，加速到最大马力，配合轰轰的引擎声，接连做出好几个赛车手耍帅的动作。

叶予凌叹了口气，确定宇宙超级自恋的痞子杜可风现在不是来恶心自己的。于是耷拉着眼皮，对杜可风刚才精彩的表演予以最诚挚的反应。她有力地伸出右手，接着四个手指握拳，大拇指朝上。远远的，就看见杜可风一排整齐洁白的牙齿在阳光下熠熠闪亮。但，世事难料。叶予凌突然将手势上下颠倒，于是，骄傲的大拇哥瞬间朝下。远远的，就看见杜可风一排整齐洁白的牙齿在阳光下黯淡无光。

叶予凌爬在阳台上，笑得眼泪都出来了。

她知道杜可风每天斜挎着书包早上准时出现在自家楼下，手里还拿着自己最爱吃的提拉米苏。叶予凌很奇怪，那个幼稚鬼怎么会知道自己爱吃的糕点。因为提拉米苏，在意大利文里，是"带我走"的含义，带走的不只是美味，还有爱和幸福。即使杜可风每天拿的还是不同口味的提米拉苏，叶予凌还是选择抓起书包悄悄地从后门溜走，不让杜可风接送一起去学校，自己快速骑着单车，只为在去学校的路上或者车棚偶遇薄奚蓝一。

此时薄奚蓝一的身影又出现在心里，叶予凌突然眼前迷茫。

在时间无声无息往前流走的每一秒和每一个触景生情的当下，那一种能让自己心情瞬间掉进沉痛的感觉，叫失恋。

杜可风看见趴在阳台上的叶予凌突然沉默，心里酸酸的，脸上却依然摆出一副无所谓的样子，然后开口安慰难过的她。但，世事真的难料，杜可风张大嘴，气沉丹田，喷出一句：

"我祝你分手快乐。"

从杜可风深黑色漆面的头盔上映射出一只拖鞋，此时正划着优美的弧度做平抛运动。

"啊！"

杜可风吃痛地号叫，地上落着一只叶予凌刚才精准地砸过来的拖鞋。为骗取叶予凌的眼泪，杜可风邪恶地决定恶作剧。他立即做出抱头痛哭的身形，接着不要脸地躺在地上，惹得保安也来了，还故意不说话，就让这几个保安围住一具戴着头盔的活尸仔细研究。

渐渐地，由远及近的声音，杜可风判断出叶予凌的脚步声正朝自己急速跑来。半蹲在地上的叶予凌和保安脸上的表情一样不知所以，突然，杜可风诈尸，猛地力挺起身子，还模仿吸血鬼的叫声，吓得叶予凌摔坐地上。

"两口子打架也不要闹得这么狠啊。"摸不着头脑的保安好心地劝架。

杜可风听见"两口子"这词顿时很男子气概地一个鲤鱼打挺从地上起来了，害羞地瞥了一眼，面对此时脸上才反应过来自己被戏耍了的叶予凌，杜可风十分不好意思地笑道："没事保安大哥，我们都老夫老妻了，嘿嘿嘿。"

"谁跟你老夫老妻了？"叶予凌举起拳头，几乎抓狂地又接着吼叫，"你是猪吗？"

杜可风的脸上忽然以浮夸的演技表演着忧伤，轻轻地说："亲爱的，你，不要老这么说你自己。"

叶予凌气得咬牙切齿，几个乐呵的保安散了，杜可风手拿一个瓷白色的头盔递给叶予凌。

"这是专门给你做的，希望你喜欢，生日快乐，宝贝。"

"我不要。"

嘴上很倔强，心里最柔软的地方忽然更柔软了，像翻滚着拍打在沙滩的细浪，淡淡的感动又朝叶予凌袭来。

叶予凌不去直视此时正眼含烈火看着自己的杜可风，阳光直直地洒在叶予凌的头发上。因为她低着头，脸上没有被阳光照亮的地方，却透着绯红。

杜可风骑在摩托上，做着要出发的准备姿势，朝自己的方向对叶予凌歪了下头。

"走，带你兜风去。"

叶予凌嘴里不屑地发出"喊"，骄傲地一仰头。

"你们男生就是喜欢带美女兜风。"

杜可风此时突然张大了嘴，做出同意自己这一观点的表情，于是叶予凌又翻了翻眼皮，害羞地看看自己打着卷的手指。

"美女？但不包括你，哈哈哈。"

杜可风纯真的脸。

叶予凌连连摆手，表达没法和眼前这个人聊的厌恶神情。心情却是晴空万里，这种对自己，不需要时时注意姿态以及莫名担忧的开心，居然是第一次拥有，而给予这种感觉的，是杜可风。

为什么和薄奚蓝一，不能像这样自由自在地相处呢？

叶予凌不自觉地被拖到难过的井底，想自拔，却疼得使不出劲儿。

绝不让叶予凌跌进难过泥淖里的杜可风，此时坏笑着说："别呆呆的，快来，我风华绝代的肩膀，可以给你免费靠。"

说完，朝叶予凌伸出手。

拿着头盔，正在犹犹豫豫的叶予凌不知道该不该上车。杜可风却夺过头盔，帮叶予凌戴上，系好卡扣，检查完安全规范，不由分说就把叶予凌薅上后座。

叶予凌的耳畔，全是呼呼的风声，声音很大很有力。她张开手臂，让风吹过手指上每一寸肌肤。叶予凌突然很想，让风吹走停留在自己心里，那个叫心痛的东西，和一个人的脸。这样想着，泪水模糊了头盔上的护目镜。看不清沿途的风景，叶予凌隔着笨重的头盔，把头磕在杜可风的头盔上，收回双手，紧紧地拽住杜可风飞扬起来的衣角。

天色还没黑透，云朵透着金黄色的光躺在灰蓝色的天空上，太阳正慢慢下山。公路上，杜可风的摩托车，一闪而过，驰向更远的地方。

"咦，这个地方好熟悉？"

坐在看台上，叶予凌回头看着杜可风。他抬起眼，眼中有清明亦有惆怅。杜可风是带叶予凌去了他们小时候同在一个地方念书的小学校。当然叶予凌毫不知情，更不知道眼前的英俊少年就是她曾惊讶和小净长得相似的小男孩。

杜可风靠在身后的阶梯上，眼前的这个小女孩现在又重新回到自己的视线里，还是相同的地方，还是第一次看见便深深喜欢上的脸。唯一不同的，她没有和自己共同拥有这一段回忆，她是一张素净的白纸。杜可风并没有打算，让眼前的这个女孩能回忆起有关于自己的什么，只要能停泊在她生命中守护着她，将那一抹积淀在自己心底的情爱，化为淡淡然，再抽丝剥茧，缓缓地喷薄在细水长流的时间里，便足够了。

叶予凌清了清嗓子，决定要正式地把有些话说得清楚明白。

"我，不喜欢你。"

"嗯，知道。"

杜可风语气平静，没有忧伤，反而让一直不好意思的叶予凌感到意外。

"但是有一天你会喜欢我的，小心不要太爱我噢。"

杜可风得意洋洋地把自己认为最好看的三分之二的侧脸故意摆到叶予凌面前，目露深情。他似大海一样深沉汹涌的爱，却包含得静如止水，连叶予凌也认为他刀枪不入。

叶予凌笑着说："'无敌小金刚'这个名字，作为你今天陪我过生日的回赠。"

"谢谢，这个番号，等以后再送给我吧。"

杜可风捏了捏叶予凌的鼻子，两只手来回地揉搓她的脸，叶予凌的五官顿时分不清了形状界线，整个一张圆乎乎的肉饼脸，杜可风被逗乐了。叶予凌毫不配合地打掉杜可风的手，歪着脑袋，冲杜可风露出两颗虎牙。

"你要走吗？哈哈，太好了，上帝啊，如来啊，快把这个小破孩带走吧。"

叶予凌两手贴住自己红扑扑的两颊，仰头大笑。

杜可风傻笑似的表情，展开回忆，曾在这里，也仰头大笑的叶予净和自己奔跑时相互信守的约定，一幕幕，不负责地全涌到眼前。此时，一阵悲伤抓住杜可风不放手，只有杜可风知道，为什么会如此难过。十年，命运作弄，杜可风又回到这个当初相识的地方，本以为，这地方只是今生脑子里的一道记忆的省略号，走着自己的路，看完自己的风景。偏偏意外重逢，撩拨起心底最初的爱恋，而现在，恐怕以后，杜可风当初和叶予净的承诺再也无法遵守诺言了。

杜可风在叶予凌背后，轻轻地抚摸着她黑细的发丝，不必凑过脑袋看她现在的模样，杜可风很满足地听见她如此快乐的笑声。在期末去英国治疗脑癌之前，带叶予凌回到这儿，是他毕生的愿望。

叶予凌没想到自己竟一语成谶。

第四章 希望之翼

1

薇拉真的是妹妹。她姓叶。

叶予凌习惯喂她家附近的野猫，每天放学后，就在街道旁的小卖部买一大包面包，然后掰碎，像发糖似的，分别放在几个固定的位置。自从孤身一人搬到 C 城，除了喜欢头顶的蓝天，家附近流浪的小野猫，令叶予凌产生无限的怜悯。

几分钟后，那群野猫很快就围在面包屑旁边，似见到主人，欢欣地伸出小爪子挠叶予凌因为太长而挽起的裤筒。在不明情况的路人眼里，这像是流浪儿喂食流浪猫的街头景象。当然谁也想不到，这样面慈心善的女孩，她旁边，铁栅栏的后面，那栋装潢得金碧辉煌的别墅，就是她家。极富戏剧性冲突的画面，在有心人的眼里就有故事。

于是，正当叶予凌抓起书包欲往家走时，薇拉，出现在街上梧桐树晦暗的阴影里。

只有薇拉自己知道和叶予凌的关系，对于同样出身于支离破碎的家庭，薇拉不仅预谋硬闯进叶予凌的生活，还不公平地将满心恨意全都泼给她。

"千金大小姐，喂小猫呢？"

叶予凌循声回头，眼前竟是薇拉。

她感到很意外，薇拉这个时候出现在家门口，似乎是来者不善。如果在这儿和小太妹纠缠不清甚至打闹起来，那是肯定对自己万般不利，因为闻讯前来的无论是爷爷还是魏叔叔，都会不可避免地招致一堆麻烦。叶予凌只好不迎战，她攥紧书包，抬脚要走。怎奈，薇拉咄咄逼人。

"我还没吃晚饭呢，怎样，不请我到你家坐坐？另外，我们的'爷爷'呢？"

"请不了，你还是请回吧！"

和薇拉仅见面三次，每次她都现身在不同的场景，但都一致地向自己投射憎恶的利箭。叶予凌好像忘了讲最重要的那句，一字一句认真地说："哪里跑来的野丫头，我是我你是你，我们，不相干。"

薇拉冷笑，眼里，却意外出现湿润的液体。站在阴影中，数十步之遥，叶予凌当然看不清薇拉的眼睛。薇拉很快收起眼角处的冰凉，似警告地说："是吗？很好，你最好别后悔。"

薇拉饶有兴致地拿捏着眼神看着正一头雾水的叶予凌。她显然不知道薇拉这次是来谈判，更不知眼前这个不懂礼貌的薇拉在打什么歪主意。与此同时，薇拉突然变换了脸色，只听见她冷冷的声音，强迫地灌进叶予凌的耳朵。

"你有这好心收养这些野种流浪猫，怎么不去看看你亲爸爸？"

"什么？"

陡然扬起的音调，叶予凌眉头紧蹙。

魏叔叔的话，原来一点都不假。

叶予凌缓缓抬头，声音，近乎哀求。

"你可以带我去找我爸吗？"

"晚了。"

薇拉无所谓的样子耸耸肩。

"你刚才拒绝我的要求，那么你的，抱歉。"

薇拉用很果断的语气一口回绝了叶予凌，她说得很是轻巧，这样的话对于叶予凌来说却是字字珠玑。薇拉很成功地占据了话语权，自然谈判，还未结束。

薇拉从阴影中出走，向叶予凌的方向迈了几步。趁着街灯次第明亮，有些昏黄的灯光下，薇拉是一张少而老成的脸庞，她扇动的眼毛下却是长着一双小女孩子有些好奇的眼睛。叶予凌不知道为什么和莫语交好的薇拉竟能轻易地找到自己家的位置，最重要的是，为什么她知道自己的爸爸还活着。薇拉，似乎太懂得剜取人心。

"也不是不可以带你去找你爸。"

薇拉把握谈判的节奏，挑眉抱肩，那个姿态，十恶不赦的跋扈。

"只要你每月的零花钱全都给我，还有，杜可风，我要了，我喜欢。"

她说"我喜欢"的时候，细瘦的脖颈轻佻地倾斜，仰起头，眼色露出狐媚的意味，露出一副情场高手的模样。

"你要钱干吗？你年纪还小，应该在学校好好念书，不应该谈恋爱……"

叶予凌不知道为什么自己会说出这番话，居然教导起混社会的小太妹来了，估计和杜可风那个家伙待久了，也学起他一本正经，循循善诱地给人上政治课的样子。

叶予凌突然想起前两天杜可风骑摩托车的样子，如果他知道自己居然这般老少通吃，一定会臭屁得不得了，肯定会扯着嗓子喊自己风华绝代的肩膀要免费给天下所有的妇女依靠。

其实，每次杜可风这么自恋地夸奖自己的时候，叶予凌都很想告诉他,还有很多词语可以用来形容,比如意气风发、神勇威武、玉树临风、潇洒倜傥。现在想想,此时此刻,叶予凌发现自己居然有些喜欢看杜可风说他风华绝代时,那种说话神态。

当然叶予凌话音未落,薇拉便不耐烦地打断了。

"怎么?你舍不得?"

薇拉口吻戏谑地补充道:

"你不是喜欢薄奚蓝一吗?我看,你还是算了吧,你抢不过莫语的。"

似乎叶予凌所有的心思,都被薇拉一一言中。面对她尖锐的挑衅,叶予凌只是听着竟无从开口。像光天化日下被人逮个正着的小偷,浑身上下哪里都不是。此时,藏都藏不住的尴尬和难堪,灼烧着叶予凌的自尊心。

倔强地开口了,却似言不由衷。

"我怎么会舍不得,尽管拿,如果你拿得走。"

"很好。"

薇拉拍手,带着自我满足的意味点点头,嘴角的得意,十分满意叶予凌的回答,仿佛她的态度尽在自己意料之中。

"你现在可以带我去找他了吧?"

"不,还差一点。"

说完,薇拉调皮地将左手的食指和大拇指合拢,中间留出一颗米粒的距离。

"你到底想怎样?!"

"姐姐。"

"……你叫我什么?"

这两个字,薇拉轻描淡写地带过,叶予凌却在心里反复重复——只有弟弟才这样称呼自己啊。

丢神的叶予凌只能看见薇拉的嘴在一张一合,却听不见她在说些什么。叶予凌盲目地迈着脚步开始慢慢靠近薇拉，离得近了，才听清她的声音。

"我想，让你去死！"

薇拉阴冷的眼睛，死死地盯住叶予凌。

"我死了对你有什么好处？"

"那么你的一切，就是我的了。"

我还有什么？真滑稽啊，叶予凌不去看薇拉那一双如火烧的眼睛。很难相信，竟然还有人要自己的一切。

"怎么，被吓到了？哈哈！"

薇拉放肆的笑声。

叶予凌现在很需要时间，要一人安安静静地消化薇拉说的每一句话，她挪步朝家走，却抵挡不住薇拉步步为营。

"喂。"薇拉叫住她，"我给你带了一份见面礼，咯，你看。"

一只已生锈的白银的发夹出现在薇拉的手心里，路灯下，它闪现出茁弱的、荧荧的柔光。

薇拉将发夹来回抛接在空中，似要唤醒叶予凌的某些记忆。

只看了一眼，叶予凌只觉鼻尖酸涩。那个发夹主人就是只能出现在叶予凌梦中，那个穿紫色长裙的女人，那就是叶予凌的妈妈。

车祸的那天，那一连串完整的记忆和画面。无论叶予凌心中有多么抗拒，一旦记忆的豁口裂开，那些残断的画面便冲破口子，近乎癫狂地残杀她心中所剩无几的快乐。

薇拉面无表情，依然阴冷地站在那儿，她冷眼旁观着，似乎在验证叶予凌的表情和反应，是否如自己想的一致。

最后，薇拉心满意足地、热情地说道："我会带你去见你的穷爸爸，下周五你在学校门口等我。"

临走前，她回身警示："不过，你不要给你的富爸爸提起我们的约定。"

薇拉的身影重新回到黑暗中，隐匿在下一次抢夺叶予凌一切的诡计之中。

此时，暮色似演出落幕的黑色大幕布，终于重重地遮住了重归寂静的舞台，演员散场。

整个衣帽间，永远没有小女生热衷的彩妆和漂亮的服饰，而是堆满了奇形怪状的破烂旧物，但却是洁尘不染。叶予凌回到家，一直缩在衣帽间找什么东西。她最后打开一个用黄色胶布缠得密不透风的绿色铁皮盒子。有些掉漆，盒子边缘的地方因为曾经侵蚀过的汗液而锈迹斑驳，有温度的手一捏，赭石色的铁锈粉末便全都沾在手指的纹路上，连指甲缝也是。盒子里面装着乱七八糟的旧玩意，发黄的漫画书、衣服褪色的蓝眼睛芭比娃娃、半截黑色蜡笔和几个字迹幼稚的作业本。在那本发黄的漫画书上，其中有一页是住在城堡里的漂亮小公主，她洁白的蓬蓬裙下面，写着一行歪七扭八的铅笔字。叶予凌拿到眼皮底下看那一行写的是什么。可惜时间太长了，铅笔的石墨铅芯的笔迹和时光一同消磨掉了，只留下很浅很浅，浅得看不出字样的汉字。一滴泪，抖然打落在字体上。叶予凌连忙将泪水拭掉，此时所有的字迹便都看不见了，湿润的纸张鼓起了褶，像即将脱落的皮屑，就那么凸在表层。接着，小公主的裙裾上密密麻麻地出现泪珠，叶予凌抱紧盒子，紧紧搂在胸怀。

在地毯上蜷缩着单薄的身子，她慢慢起身，走到垃圾桶，将手中盒子里的所有东西，全都抖出来，然后，一把火，全烧了。

盒子里没有找到妈妈的那只发夹，唯一的一只握在薇拉手里。

空气中是呛鼻的塑胶味，火星点子似灭不灭地挣扎着。

那些纸张于一瞬间飞灰烟灭，留下难耐的灰烬。

它飘散在空中，扶风刮走。

像是一首告别过去的挽歌。

2

此时正是初秋的午后，叶予凌逛完她家附近的外贸小店。每天学校和家，两点一线的生活轨迹十分乏味。

如果时间可以像坏掉的指针，揭开钟面，一口气拨上一百圈，那么今天早上一睁眼，就是和薇拉约定见面的时间。然而现实不尽随人意，叶予凌早上在被窝里翻来覆去近一个钟头，终于才肯清醒地面对，今天是和薇拉见面的第二天。距离下周五还有十天，这折磨人的等待。

两只裤兜没有一分钱，抱着挎包逛完最后一家商场，叶予凌坐在街心花园，看街上来来往往的行者。

满街似乎没有闲散的人，如果是漫无目的地走在大街上，因为"漫无目的"这个原因，也因此变得匆忙。学校的铃声似乎极其具有穿透力，坐在喷池前的铁艺长凳上，叶予凌好像听见了学校下课时的铃声，她拿出手机，十四点零七分。学校新一轮的摸底考试即将开始，学生依然在奋笔疾书。气氛有点压抑的高中二年级，总有一些坐在教室里的学生想逃，将考试扼杀再丢弃书包一身轻松地玩耍一天。叶予凌今天做到了，但当看着时间的这一刻，身在无拘无束的大街上，叶予凌突然想回到那个气氛压抑的牢笼。它纵然可怕，即使还有恼人的流言蜚语，却因为学校人多热闹密集，而变得稀松平常，最后成为分不清好坏的习惯，使人产生依赖。

王凤凤发来捷报，已经帮叶予凌请了假。年级组的办公室里，一张夹在班主任讲本里的请假条上，请假的理由，正气凛然，少女月经不调。叶予凌笑得快岔气，如果这时在教室，这个时间，应该是和王凤凤在下课的楼梯口推搡嬉戏，当一枚帅哥翩然经过时会变得顿时安静，她们假装矜持地看不见任何人，等到帅气的人影消失在某个班级里，一群苍蝇似的女声还在原地惊叹。

确实要惊叹。

薄奚蓝一的身影，突然出现在音乐喷泉的水柱之间。两道水柱随着低缓的曲调落入水面，叶予凌才看清薄奚蓝一站在喷池对面的脸和他的白色长衫。

他走过来打招呼，并且挥动着手，他示意叶予凌查看她的手机，原来她的屏幕上亮着薄奚蓝一两个未接来电。

好久了，他们分手好像有一大段时间了。想到此，叶予凌突然有点难过。她扯着袖子，拂拭旁边的座位。脸上是礼貌的微笑，薄奚蓝一真的走了过来，坐在她的旁边。

这应该是第一次单独相处，却是在分手之后。眼前，涌起的喷泉水柱时高时低，热烈又浪漫地制造气氛，而他们就那样安静地坐在长椅上。平时嫌王凤凤很絮聒，此时此景十分缺少一个活跃的声音，就连眼前鼎沸的大街，仿佛也只有动作没有声响。

薄奚蓝一决定打破两人之间良久的沉默。

他向叶予凌侧了侧身，很专注地说着话，他的脸色明显是有些紧张这场独秀。叶予凌忽然轻声笑了笑，心里渐觉，原来薄奚蓝一是内向的性格，自己居然能让他怒气地朝地上砸拳。一定是自己逼迫得太紧了，不留新鲜的空气给彼此，伤了人。有时候一味地要，却不知道要到手的到底是什么。她才发现自己似乎是个不懂得爱的癫家伙。

从薄奚蓝一身上散发出淡淡的香味，仿佛能驱散叶予凌心中的瘴气。她看着那张每晚睡觉之前，在脑子里认真回想过的脸，虽然薄奚蓝一的性格有优柔寡断的一面，他还习惯将情绪深深地掩埋在心底。但到现在她才不得不承认，即使是这样，即使伤心了，喜欢他，依然大于怀念他。

青春期的女生，为爱情似乎有流不尽的眼泪。她眼角氤着湿润，似喷泉里冰凉的水，等待音乐进入高音部分才有勇气飞身腾在空中。在眼泪快要滴落的那一刻，叶予凌背过身，假装揉按眼睛，一擦便消失的泪水，成功地藏好即将暴露分手后还舍不得对方的情愫。

"我去邮局快递东西，经过这儿，无意间看见你在这里。"

薄奚蓝一如实说明出现在大街上的缘由，他又补充："所以给你打了电话。好巧啊。"

"对。"

叶予凌简单回应。

"我们总是在大街上相遇，这几条街是我们的鉴证吧？"

薄奚蓝一用他并不擅长的幽默，他好像察觉出效果不尽如人意，甚至有悖于初衷。于是他露出有些焦急的眼色，抬手看了看手表，刻意找补自己最自然放松的状态。

"是的。"叶予凌轻声回答。

在薄奚蓝一的眼里，叶予凌此时的善解人意显得那么的可爱。这类女生即使样貌不美，但却能得到男生本能的喜爱，因为他们无一例外的要面子。

薄奚蓝一放松了心情，他看着叶予凌娟秀的脸，浅紫色小碎花的衬衫掖进黑色及膝短裙，显出了她消瘦的柔美。此时，薄奚蓝一突如其来的吻，好像已泄露他此刻被叶予凌悄悄吸引的秘密。接着，在叶予凌不知情的情况下，这个吻就落在了她的头发上。如果叶予凌能明白这是薄奚蓝一还喜欢她的表现，并且很适宜地配合他，她完全可以缓缓闭上眼，在长凳上，在音乐喷泉涌起的背景下，他托起她的下巴，将他的嘴唇慢慢地合在她的嘴唇上……

十分不解风情的，叶予凌僵硬着脖子，此时一个愚蠢至极的疑问飘在脑子里，把我当成什么了？已经分手了还亲个毛？她整个头往后缩，好像被这个吻吓得不轻。这使薄奚蓝一从他的举动中清醒过来，两人的脸上，一模一样呆住的表情。

叶予凌突然起身跑了，似怅惘亦是开心的感受此时在她体内纠缠。薄奚蓝一望着她逃掉的背影，嘴角微笑……

商场对面的乐器行里传来了不温不火的音乐声，玻璃窗的正中间贴着"吉他培训"的红字。有客人进店挑选吉他，所以老板又暂停教课去招待客人。杜可风便自己拿着吉他，不时张望一下窗外，练习着和弦。

当街的乐器店不算大，此时店内进进出出一些处在变声期的男生，他们看见杜可风坐在橱窗前正陶醉地弹着吉他，便踌躇地停在门口，想上前打招呼，却又害怕打扰到杜可风。恰好杜可风无意间朝着门边抬眼，他们像得到明确通知似的，恭恭敬敬地道："老大好！"不知道杜可风是从音乐的世界中缓过神来，还是无心插柳似是而非地点了点头，总之那一些男生招呼过后才算走踏实了。

不到半个学期，杜可风铁铸的硬拳头便出名了。他好像还会点武术，这让他的名字更加远扬四海，大红大紫。学校每天都有慕名前来的女生堵在门口，就是为了一睹杜可风的风采。

3

而杜可风这一刻的风采，精准地说，应该用落寞来描述。

拍子怪异的节奏和生涩的乐曲此时根本无法唤起他对吉他的热情，就在他的眼神从门口收回来，无意间朝窗外瞥眼的时候，杜可风看见了，街心花园里，坐在长凳上那个熟悉的身影。尽管，隔着马路上的车水马龙，他还是一眼便认出，那个身影的主人就是叶予凌。

她踮起脚尖大步地跑开了，当要跑出树荫时，叶予凌回头张望，好像是落了东西，但是她并没有跑回去。从她的视线，折过去，薄奚蓝一手里拿着一个挎包，他留下刚好转身离去的背影。

杜可风目不转睛地盯着窗外的一举一动，蓄势待发着。他眼中的情形是他们双方争执无果，叶予凌气鼓鼓地绕过薄奚蓝一跑开了，而他生气地独自坐在那里，目送她离开，他当然不会上前去截住她。杜可风早早就从暗自观察中得出结论，薄奚蓝一是一个很没胆量和风度的家伙。杜可风此时得意地想到那句"实践是检验真理的唯一标准"的名言来总结自己独具慧眼的思辨能力。

杜可风放下吉他，急忙追了出去。他要用自己的行动证明，他才是那个不怕被检验，更不怕真金火炼的完美男人。

叶予凌的身影好像越走越远了。杜可风看着她的背影，沿着悠长的马路伶仃地走着，也不好立刻赶上前去，就那么远远地跟在叶予凌身后。

假如现在加快步伐，追上去，然后拍着她的肩膀，严肃地告诉她：嘿，其实我很早就认识你了，很喜欢你，并且愿意用我所剩无几的时光去爱你，你愿意接受我的爱吗？即使我头发掉光你依然觉得我很帅吗？相信么？我会因为你的爱而好好地接受治疗。如果治愈了，无论天涯海角，我的未来计划一直有你；如果不幸，我死了，请别伤心，我会把你的手交给你心里的那个人。

在辛苦地保持着距离，走了一个多小时之后，杜可风已口干舌燥。他咽了咽口水，想想那些和自己风格有点不搭调的告白还是不要说出口了，万一她认为这种告白是乘虚而入呢？

八月的秋老虎看来真发威了，居然这么的热，太阳笔直地射下来，连皮肤都好像被烤焦了一样。可是叶予凌却还是不管不顾地一直默然走着，她脚下的路没有方向，一直向前。杜可风因为亟须解决内务，忍不住赶上前叫住叶予凌。

他冲她大声招呼。

"嗬，没想到在这儿你也能碰到我！你的运气真是相当不错啊！"

叶予凌回头，看见数十步之遥的杜可风，发现他走路竟然一瘸一拐的，他站定了，还紧紧夹着双腿，表情焦灼。

看到叶予凌的表情还不算太苦情，杜可风稍感放心，于是他一溜烟地跑进公厕去了。

不大一会儿杜可风一身轻松地蹿回来，并且傻傻地还站在那里，因为他认为这个位置的这个角度，他一定帅到掉渣。

杜可风还打了个响指。她看着他。

他今天穿得很休闲，新款的球鞋搭配了一条 Levis 的牛仔裤，他就站在北面的十字路口，干净的头发在阳光下发出健康的光泽。

"确实有点巧，那么你的脚怎么了？"

叶予凌微微扬起嘴角。

杜可风冲叶予凌一咧嘴做个鬼脸，用手指挠了挠后脑勺。

"美男子我呐，今天在这里学习吉他。"

他隔空无实物地表演了一下弹拨琴弦，接着说："从橱窗里看见你以后，为了能够摘一朵花作为见面礼，所以翻上围墙再跳下来的时候把脚扭伤了。"

叶予凌当然不信杜可风的话，又不是没见过他和别人干架时的身姿矫健。

那么杜可风接下来的话，在叶予凌那里就自动化为瞎掰了。

"小叶同学啊，你现在应该明白，我就是这么伟大，是个很有绅士风度的绝世好男人。"

他说完还要嘟起嘴巴，像网络上那些自拍的零零后少女。

叶予凌真想冲过去，紧紧捂住杜可风的嘴，他要是再自恋下去，交通会瘫痪！

她尽量让自己的笑容看起来很自然，问他：“喔，那么花呢？”

“For you！”

杜可风深情地说完两个单词，突然皱了皱眉，从背后拿出了那朵就连他自己也并不看好的、刚刚从街边的绿植带摘下来的美人樱。

杜可风微微走近叶予凌，很认真地问：“你是不是感动得想哭？”

“是啊，我的胃都翻江倒海了。”

叶予凌白了一眼杜可风，转身就走。

此时，一辆汽车正呼啸驶来。而叶予凌怔怔地看着渐渐逼近，就快从自己身上碾过去的轿车。

这仿佛是一个突如其来的能和妈妈弟弟见面的时机，叶予凌没有收回向前倾的身体，她缓缓闭上眼，准备就绪。

杜可风奋不顾身地闯过绿灯，正往来行驶的汽车如江水般湍急，但他奔跑的步伐却似飞奔在宽广的草坪里。十字路口，四面八方的汽车喇叭声，强烈地向这个少年表示不可饶恕的愤怒。

原来生命的消亡居然可以这么容易，叶予凌快得逞了。

千钧一发之际，她被杜可风猛力拉回怀里。那辆可怜的、不明所以的轿车就在慌乱中紧急打方向盘，左右扭动的车身好像分不清哪个是油门哪个是刹车。因为高速行驶，已偏离行驶路线的轿车更影响了旁边行驶的汽车，此时所有驾驶的车辆差点接连撞上右边的防护栏……

叶予凌面无表情，眼神空洞。杜可风好像刚刚经历了生死一劫。他将叶予凌紧紧搂在怀里，泪流满面。

是感同身受的爱。

杜可风知道她的感受，她总是小心翼翼地呼吸残存的那点无痛苦气味的空气，她时刻提醒着自己，应当要活下去。杜可风越搂越紧，他久久未能平息，生与死对立的惶骇。

叶予凌感觉自己头皮上有一处冰凉，像是眼泪，她抬头去看因为搂得太紧而呼吸困难的杜可风。

杜可风的眼泪顺着他喉结凸起的颈项，流到脖子窝，他似乎忘记了自己平日里是那个刚劲的小霸王。叶予凌安静地看着他。

她抱以微笑。

"很抱歉，让你担心了。"

杜可风认真地看了看相安无事的叶予凌，松了一口气，然后支起两只手臂，左右横拉掉脸上的泪水。立即换了张脸，打了个哈欠，对她笑笑。

"如果你再做这样的傻事，那也没关系，只要你保险单上写的受益人是我，哈哈。"

叶予凌白了他一眼，没好气地一把抢走还捏在杜可风手中的美人樱，那朵已根本看不出原貌的残花。

"这一株世纪丑花送你，答谢你的英勇无畏。"

杜可风似孩子的笑脸此时回到了他的脸上，他一个劲儿点头，捣蒜似的表示自己就是这样的人。

斑马线上唬着一张脸的执勤管理员把杜可风和叶予凌请过去，严厉地批评了一番。杜可风冲老大妈卖萌，才免了站在马路上要找到下一个不遵守交通规则的人的责罚，但免不了老大妈此时义正词严的思想教育。叶予凌仰视着眼前杜可风的背影，发现他的肩膀很厚实，他好像比老大妈高出两头，他此刻只是很礼貌地低着头听着训话，态度谦和，好像刚才不要命的是他而不是自己。一番交涉之后，杜可风朝老大妈挥手，回身牵着叶予凌走了。

从以前不喜欢，甚至反感杜可风，到现在他走在自己的身边却是一种安心的感觉，像是肥皂剧里的剧情大翻转。她此刻很坦然地接受对杜可风态度上的改观。她怀揣着自己的命运可以像剧情中的女主角一样，最终牵手自己喜欢的男主角的美梦。遗憾的是，生活没有编剧，是一场没有彩排的舞台剧，谁都看不到头。

此时，杜可风突然刹住脚步。

他脸色煞白，宽松的 T 恤衫在叶予凌不知情，或者根本没在意的情况下完全被汗液浸透了，死死地熨帖在他的后背上。叶予凌看见他背部的脊柱隔着衣服透出清晰的凹凸感，挺拔笔直的脊梁显示这是健康壮年的体征，但杜可风却一点一点向下弯腰，他佝着上半身，脸上很疼痛的表情。

叶予凌着急地俯身下去，她这才看清楚，宇宙超级无敌自恋的杜可风此时攒起眉头，他的呼吸是真的困难了。

"嗳。"

叶予凌将信将疑。

"你又要什么把戏？"

"耍帅啊。"

杜可风挤出一个笑脸，埋头又转瞬皱眉。

"那听好了，你一点都不帅，无聊，我先走了，再见！"

杜可风抬手，无力地拉住叶予凌的衣角，看着她睁大的眼睛，大概三四秒之后，他终于开口。

"我要去医院。"

其实在心底他想对叶予凌说的是：陪我吧，你陪我去医院吧。杜可风以为在叶予凌面前表露出病痛的症状会很平静，可当直视她温柔的双眼，刹那间，心脏隐隐作痛。

叶予凌相信杜可风需要去医院的事实已超过百分之五十了，如果他此时倒地不起，并且不再自恋那就全信了。叶予凌心一横，她背对着杜可风，蹲在地上，她认为杜可风需要人道主义援救。

"你在干吗？你蹲在这里就以为自己是观世音啊？你坐禅呢？"

叶予凌咬牙切齿，真想抡圆胳膊夯他一拳再一走了之。杜可风说话的态度和语速丝毫不像生病的状态。

叶予凌尖声解释。

"背你去医院啊。"

杜可风仰头瞟了她一眼，然后撇了撇嘴。

"喊！我才不需要女人来背。"

这年头，做个好人还遇上了没底气的自尊心和大男子主义。叶予凌憎恨自己的好心眼，她忿忿地踢了一脚杜可风，力道不大，照理推测杜可风堂堂七尺男儿，特别还是面对自己喜欢的女孩，这一脚，他应该完全能承受住。

可惜，他晕倒了。

叶予凌吓得尖叫起来，她的手机似乎永远消失得不是时候，还在挎包里，包还被薄奚蓝一大方拎走了。无奈，叶予凌去杜可风的裤兜里找出杜可风的手机。

打开，叶予凌惊愕。杜可风的手机屏保居然是自己，印象中，并没有这种歪头张望窗外的相片。从相片虚晃的背景猜测，这张相片应该是杜可风偷拍的。叶予凌失魂地拨打了120。杜可风缩着身子，旁边还站立一个脸色焦急的少女，经过的路人纷纷投来怪异的目光，而叶予凌并不在意，她只管看住眼前昏倒的杜可风。这个自恋的家伙此时无声地坐倒在她的身边，沉静地闭着他的双眼。杜可风突然的安静，叶予凌看着，一种不祥的感觉弥漫在眼底。她伸手，不由自主地抚摸杜可风的头发，蓬松温暖，顿时，手指间异常熟悉的触感，从手掌传到心脏，叶予凌这才忽然想起，自己忘了关心为什么杜可风会突然倒地。

健硕的他，怎么会晕倒呢？

转瞬间起风的秋季，柔风微微漾起叶予凌的裙裾，丝丝凉意划过她小腿上的皮肤。

　　在叶予凌的盼望中，救护车终于到了，从车上下来的医护人员和电话中的接线员有着相同的漠然神情。或许，他们经历了不计其数的生离死别的场景，每一分每一秒亲眼目睹死神的双手是如何慢慢掏空鲜活的生命。他们麻木地将杜可风抬进了救护车，临上车前，其中一位医生问叶予凌是否要一同上车。她脑子里突然出现杜可风凸着双眼，嘴里喷血不治身亡的画面，她下意识地退后了一步，没有说话，救护车就这样开走了。像是突然地来，在叶予凌回过神来时，它又突然地开走了。

　　木讷地站在马路边，叶予凌望着救护车渐渐消失的方向，整条街，依然无尽的喧嚣。

4

　　杜可风的体内一定长了突变的怪异基因。

　　还没走进教室，远远的，就听见王凤凤的吼叫。如果学校是沙漠，新龙门客栈，那么王凤凤一定是金镶玉式的 CEO。

　　首先是花痴一号发言。

　　"大侠简直是武功盖世，长腿一伸，他就飞出去八丈。"

　　花痴二号不服叫板一号。

　　"大侠简直横扫雷霆，长腿一伸，电光火石，他便十丈之外。"

　　王凤凤拥有火影中的手里剑，乜眼，冷不丁出招，便瞬间秒杀了所有花痴。

　　"大侠简直是天下无敌呀，腿还没伸出，腿毛已经震碎他全身经脉。"

　　语毕，王凤凤似羽扇纶巾的神色，泰然入座，四周掌声响起……

　　杜可风在这次联赛中表现突出，他带领的队伍分别在上半场和下半场以领先 6 分和 10 分的成绩击败圣高一中。王凤凤和一群花痴口中的那个"他"就是市里篮球比赛，连续五年婵连冠军的篮球队——圣高一中。今年学校的篮球队因为新进了杜可风似乎一扫衰运，填补了学校这几年名次排列一直垫后的尴尬局面，全校的人都在排着队表扬他。

杜大侠此时当然很是威风凛凛、生龙活虎，全然没有那天晕倒在街上半死不活的样子，叶予凌看着，她走进教室，却不敢回座位拿东西，只好在前排看热闹。外班和本班的那些女生，似乎在叶予凌还没看到这番场景之前就已经把杜可风团团裹住了，场面异常火爆夸张。杜可风整个人已完全飘飘然，欲死欲仙地浸淫在赞美之中。他摇晃着像白痴一样的脑袋，假装浪得虚名。

这当然是叶予凌对此时的杜可风的评价，她掺杂了莫名的心情不爽和嘲讽。实际情况已经变得更夸张了，杜可风在热烈的掌声中，箭步从座位走上讲台，因为他自恋地认为，离开座位周围美女诱惑的阵营，教室前面叶予凌的脸上不会再有吃醋的表情。可最后，他发现了，她还是站在那里不动声色，她眼里好像并不为自己的成绩感到开心。他沉默了几秒，一种失落的感觉此时悄然而生。

全世界，他只要一个人的喝彩。

在讲台下众人瞩目的期待中，杜可风发表了一番精彩绝伦的获奖感言。

"首先，你们不用夸我，因为，我本来就这么屌。"

他脸上绽放着明媚的笑容，他竖起两只大拇指，这个动作是用来说明他说的话真的毋庸置疑。那些捧场的同学，特别是女生，此时完全被杜可风的霸气外露给镇住了，她们的眼睛突然变成两颗桃心形状。

叶予凌无语，感叹他天赋异禀的自恋。

"接着，我要感谢，我生命中不可或缺的一个女人。"

台下议论纷纷，猜测谁是幸运女神。

王凤凤以踩着风火轮的速度出现在叶予凌的面前。她激动得像嫁女儿一般，牵着叶予凌的手，兴奋的神态等待着杜可风的浪漫宣言。

然后——

"我妈。"

王凤凤咧嘴用胖乎乎的手爪子指着讲台上的杜可风，又指着她眼前的叶予凌，笑得驴打滚儿。白了一眼笑翻的人群，叶予凌转身走了。

教室里又是更大的欢呼声，好多女生因为终于亲耳听见竞争对手原来是杜妈，那神态叫一个长吁一口扬眉吐气。聪明的女生才明白，母亲和女友或是妻子，一个屋檐下的两个女人，压根就没有可比性。

走出高中二年级的楼层，叶予凌还能听见从教室传出的震耳欲聋的欢呼声。她伫立，抬头观望教室内的情况。可以从有节奏的口号中判断，杜可风是被几个男生抛接在空中。赢得那场比赛，就是这么荣耀。叶予凌忍不住揶揄，杜大脑袋，祝你发财，早生贵子啊。

光线充足的阳光，慷慨地照在一号教学大楼的旋转楼梯上。在每一层上下楼的拐角的地方，能看见扶手的影子清楚地倒映在地上，黑白分明，如同生长在水泥地上一般。满眼的宁静安详，偷得片刻清凉，她拾级而坐，头轻靠在雪白的墙上。贵族学校的墙面，居然一沾就掉白灰，真想不明白每学期缴那么多银子，学校到底建树了什么。稀稀拉拉正往教室走的同学，便知几秒钟之后上课铃声该敲响了，叶予凌条件反射般地起身往教室走去。有规律的群居生活总归是好的，她想。

彼时，就在楼梯对面，在高中三年级，那一块大露台上，人影纷杂晃动，好像越来越激烈。

叶予凌看清楚画面的中心人物是一男一女，他们不管不顾，此刻聚在露台一角看好戏的高三学子。画面中的那个男生，他身形颓废。他指着眼前的女生，嘴里好像说了什么。那女生似乎无言以对，突然，她冲上去抱住他的肩膀，啜泣的声音愈加明显。那个男生仰了仰头，不去推掉搭在他肩上的纤手，也没有曲臂环抱她，而是就那样站着。

隔着这么远的距离，叶予凌此时都能听见他内心沉默的声响。

5

那两个身影。是薄奚蓝一和莫语。

叶予凌只看了看他仰起头时下巴的线条，就知道那种无奈，只会出现在他的眼里。

叶予凌突然看见薄奚蓝一和莫语出现在一起的画面，已不再感到惊讶，甚至托腮，也观看起对面未完待续的剧情。但此刻上课铃声很不解风情地拉响了，该归位的人都迅速撤离。人影纷乱的露台上，只剩下薄奚蓝一和莫语，他们不知道对面还有一个死心眼追剧的女同学，正迫切地希望他们的演出进入下一个环节。

薄奚蓝一仍然没有推开莫语，周围嘈杂的人声已从他耳朵里消失，此刻万籁俱寂。

四面八层楼高的综合教学楼，把一层的空地围成了一个狭长的长方形。如果抬头仰望头顶的云朵，那会显得这片小小的天空更加精致蔚蓝。葳蕤丛生的灌木林生长在一层的空地，不清楚已有多少年。绿茵的树叶从最顶端交错层叠地向下垂落。青春美好的少年少女，像是点缀一般在爬满蔓藤的露台上神色忧伤。

"蓝一。"莫语嘴唇轻启，"接受我，让你很为难吗？"

"莫语乖，我不适合你，请一定相信我。"

薄奚蓝一再次拒绝，只是，他这次很明显地增加了温存，莫语对他的爱恋值得让他如此呵护。

莫语娇弱的眼泪此时滴答在胸前，她所有的情绪和情感，似乎只在薄奚蓝一面前呈现。

"我为你做了很多改变，难道你一点感觉都没有吗？"

薄奚蓝一沉默。

不喜欢一个人，再怎么温柔婉拒，在听的那个人那里，都是相同的难受，而沉默不语的杀伤力，更是见刀不见血。

"其实，我刚才说的有关叶予凌的情况……"

突然，薄奚蓝一的眼神猛地变得锋利。莫语面前那个温柔的王子已不见踪影，此时他眼里翻滚着令人看不清面目的愤怒。机灵的女生现在很后悔，就在刚才，针对叶予凌说了一些不中听的言辞。

薄奚蓝一似乎意识到他的脸色过于反常便倏尔收回眼神，恢复了以往的平静，依然儒雅绅士。他缓缓走近莫语，眼前伊人流泪，他轻柔地捉住莫语抖动的肩膀。亲眼看到薄奚蓝一对叶予凌的反应，莫语忍住不往下掉的眼泪，不料一出声，从鼻腔里发出来的哭声，原来是这么伤心。

"莫语乖，别哭了。"他温和地看着她，低头，凑近莫语的脸，然后微笑道，"花脸小猫该不好看啦。"

莫语识趣地不再继续哭泣，抬头看看薄奚蓝一，和他一言一语，你来我往的默契配合，哪里来的不合适呢？她的高情商，却似乎怎么也想不明白，两人在一起首先要性格合适的这个问题。

莫语转身打开了放在墙角的书包，拿出礼物。学校的篮球队赢得比赛，薄奚蓝一和杜可风单人灌篮取得相同的分数，赛事后他低调地在教室演算化学方程式。莫语就以送礼物的理由约他出去逛操场。想必，薄奚蓝一今天的反应，全都不再她的计划之中。

她把两只手背在背后，手里拿着送他的足球公仔，脸上洋溢着幸福快乐的微笑，很自然的，像是为自己的男友庆贺胜利。莫语所做到的一切，她似乎真的很用心。

"噔噔噔噔。"

莫语唱着，表情可爱。她把礼物放进薄奚蓝一的手里，还摁了摁此时握着礼物的薄奚蓝一的手指。

"谢谢你，莫语。"

薄奚蓝一连声道谢，欢愉的神色重新回到他的脸上。莫语放心地看着，她眼角的余光早已来回翻遍了薄奚蓝一的背包。

"你怎么会有女孩的拷包呢？"

此时眼神天真的莫语。

"哦，是叶予凌的。"

薄奚蓝一回身看了一眼那只褐色羊皮包，似乎忆起叶予凌那天她的呆萌的表情，他居然羞涩地笑了。

"我帮你给她吧。"莫语接着说，"反正我也要回教室的。"

"可以吗？"

薄奚蓝一疑惑的脸色，内容却很丰富。

莫语当然知道他言下之意，不就是让自己不喜欢的女生给自己喜欢的女生送东西过去。

"绝对没问题。"她答。

从薄奚蓝一手中莫语接过叶予凌的包，她看了看拷包的肩带上一张叶予凌的大头贴。此时，一把如意算盘，在莫语心里打得铮铮作响。

"你们在干吗？"

突如其来的声音，薄奚蓝一和莫语禁不住同时转头。

年级主任吴老师的虎背熊腰出现在露台对面的楼梯口处，她身边站着的，还有表情是一副肯定死定了的叶予凌。三个学生都来不及各自反应，吴老师又喷火地厉声呵斥。

"不上课在这里谈情说爱，统统回去罚站！"

看着薄奚蓝一，吴老师突然调换柔声模式。

"薄奚蓝一呀，不必罚站了，打比赛已经很累了。"

叶予凌不屑地瞄了一眼吴老师。对面，直直地，和莫语复杂的眼神碰个正着。

她正想要走过去拿回自己的包，而吴老师似程咬金上身，不偏不倚现身在叶予凌的旁边。

作为对冠军队的特殊照料，吴老师亲自"护送"薄奚蓝一回教室。他耳边是正在大吐苦水的学校老教师，他完全没听她高亢地讲解着学校篮球队以前惨败的经历，只是看着对面并排走路的两个女生。

下午第二节课已上有二十分钟了，静坐在教室里的整个高中部的学生，此时都在探头看着高中二年级的廊道上，罚站的两个人。

那将会是怎样的画面。

6

叶予凌有些后悔以前蹉跎岁月，那首童谣，不是寸金难买寸光阴么。那么从今天开始，一定好好学习。

这学期已经是第二次被罚站，其实也没什么大不了，丢脸这回事，一回生二回熟。叶予凌站着，想到此，在莫语不解、转而钦佩的眼神中，她昂头挺胸，挺立的后背，笔直笔直的。

太阳从正午时的英气，到现在似乎是虎落平阳的落魄，照耀在莫语脸上的阳光，她只觉火辣辣的羞愧难当。从小到大，班花级花校花，现在，却被大家围观着足像一个笑话。

一群莫语的拥趸者跑来用比目鱼的眼睛死瞪着叶予凌，莫语女神这次以俯冲的姿势接地气，她们看了一眼站在她旁边的叶予凌便盖棺定论，那肯定是被她拉下水的。叶予凌那边的情况似乎显得有点力不从心，王凤凤的小眼睛努力睁开回瞪着比目鱼，以一敌百，寡不敌众。叶予凌泪眼婆娑，已完全被死党的行为感动得无以复加，发誓不再欺负最近变成小笼包身材的王凤凤。但她很快恢复了理性，王凤凤声张去叫人群挑，转身离开后，那胖丫却没再回来。倒是班主任夹着竹板走进人群，脸色铁青。

班主任驱散开周围无关紧要的学生，把站着的两个人叫到办公室。她坐在酥软的沙发椅上，看着叶予凌和莫语，并不说话，气氛异常考验人心。面对学习成绩呈极端走势的两个学生，班主任的眼神在两人之间来回审视。最后，毫无悬念地定在莫语那儿，她语气关切地问道："莫语你怎么解释？"

"蒋老师，对不起，让您操心了。"

莫语的礼貌，在任何时候都能博得好感。班主任听后似长吁了一口气，她长了一颗细小黑痣的嘴唇微微松开，耐心地回道："没事，你接着说。"

"蒋老师是这样的……"

"我问你了吗！"

班主任转头大声呵斥叶予凌，迅速变成凶巴巴的模样。莫语在旁轻笑，似乎在嘲笑说话打岔不懂礼貌的人活该被吼。

班主任平了平气愤，脸色凝重地看着叶予凌。

"叶予凌同学，你知道吗？因为你，莫语的成绩最近下降了五个名次，已经被其他平型班的同学超过了！"

"跟我有毛关系？"

叶予凌撇嘴。

"还大言不惭？辩论赛，莫语帮你查资料，平常还帮你补课，她借给你她的笔记本摘抄本，这些不都花莫语的时间吗？"

班主任一顿控诉，她无比悽惨的腔调，似歌剧般的从办公室传到门外的走廊上。很快，又招致来一批看热闹的学生。莫语此时发现，原来被罚站也不见得是一件坏事，还似乎有一点趣味。她愉快地瞄着愈来愈多的陌生面孔，在心底，她最期望薄奚蓝也出现在人群当中，一起看看叶予凌是怎样出丑。

"我也努力了啊！"

叶予凌解释。没想到这句话彻底激怒了班主任。她气愤地指着叶予凌，一看便知要下最后通牒了——出那招。

"叶予凌，请家长！"

莫语大喜过望，不由得扭头看着此刻脸色发白的叶予凌。

她已数不清，这是班主任第多少次要求自己请家长了，叶予凌咬牙，静静地低着头。

但此时，莫语清亮的嗓音替叶予凌解答。

"蒋老师，我学习成绩下滑真的和叶予凌无关，您别为难叶予凌同学，她哪有父母可以请出来。"

娇滴滴的模样，莫语似乎在为叶予凌求情。她说完，便扭身对着叶予凌，心情畅快。

班主任显然被弄糊涂了，她无声地重复了一遍莫语最后那半句话。看着完全不抬头的叶予凌，蒋老师沉默。

外面那一群终于得到劲爆话题的同学正激烈地议论着，声音大过办公室这时想起的电话铃音，它刺耳的声音仿佛在一声声催促叶予凌快回答。

蒋老师皱眉，她此刻的表情似乎已回想到一些佐证。她仔细地打量叶予凌，说道："明天上午，请你的父母到办公室来一下。"

叶予凌紧紧握住拳头，涨红了脸，这是蒋老师虚掷的一道问题，其实她想听到自己肯定的回答，叶予凌怯弱地看着班主任，多么善解人意的老师。

"是的，请不来。"

她强装镇定的声音，话音落，周围比预想还要沸腾的人声，现已完全炸了窝。

莫语棋胜一筹。

班主任终于松了一口气，既然是这样，那么就很好处理了，她十分顺口地说着："你保证以后不再迟到早退逃课，这一周值日五天，今天你站到晚上八点才准回家。"

对叶予凌的惩罚力度，莫语好像有点不满意。但想到她比自己多站五个多小时，本周全天值日，这才转念赞同班主任的赏罚分明。

"你接受吗？"

蒋老师认真负责的责罚态度是一整套，最后还礼节周全地问问当事人的想法。

叶予凌轻声笑了笑，允许别人看出来此时自己脸上的笑意叫不屑。

"我可以不接受吗？"

并不等班主任张嘴教导自己，叶予凌侧脸，对身旁心情大好的莫语轻轻抬手。

"莫语，你现在可以把我的挎包还给我了吧。"

蒋老师彻底对叶予凌失去信任，她挡在莫语前头，问道："这真是你的吗？"

叶予凌闭眼，倒吸一口气。

"你看不见挎包肩带上我的大头贴吗？"

班主任眯着眼，聚焦了一下近视的眼睛，看到的情况确实如叶予凌所言，此时为人师表的那张脸立即红得不像是真的。

"还我！"

叶予凌看着莫语，语气直白。

在挑战我吗？莫语转头，看了一眼叶予凌，她城府极深的眼神表示叶予凌还真是一个不知死活的女生。

"哦，好的，只是，请稍等。"

叶予凌疑惑的眼睛看着莫语的一举一动。

"对不起叶子，这个，你不可以拿走喔，因为这是我爸妈送给我的成人礼礼物。"

说完，她轻柔地打开挎包，变魔法似的，从里面拿出一只手镯。

叶予凌觉得眼熟，镶满水晶的手镯闪闪发光。叶予凌才突然想起开学那天在车棚见莫语戴过，没错，是她的饰品！

班主任惊呆了，她站起来看着眼前的叶予凌。她简直不敢相信，叶予凌除了是孤儿，还是一个道德和品行都很恶劣的学生！

窗户外，和叶予凌同班的一些男生以前只觉得叶予凌是老实不爱说话的女生，现在她的"真面目"被层层揭露，得出结论，这类女生太有心机。而那些同班女生的眼神，此时对叶予凌产生了一股莫名的同情心。

人赃并获，叶予凌输得几乎是不能让人再打歪主意的彻底。莫语在什么时间，哪个地方，放进手镯，目前这已经不重要了。总之，叶予凌今天的现身说法，已经为广大看客倾情演绎了什么叫骨灰级的腹黑。

有人用手势比画心形动作，给莫语点赞。铲除败坏学校风气的恶劣分子，他们不假思索地同仇敌忾。抹黑的手段眼下已快结束，但莫语觉得，此时此刻如果有人悲伤流泪，那就是完美收官了。她神情冷漠地看着叶予凌，要亲眼看见她在自己面前泪流满面，这才叫胜利。

叶予凌抬眼看着窗外，那扇快被挤破的玻璃，此时已人满为患。杂乱晃动的人身给叶予凌的视线留出一块块形状各异的空隙，她不想为自己开脱辩解，也无心和莫语展开辩论。周围嘈杂的环境似乎渐渐削弱了声音，他们只是张嘴而已，并无声响。他们也只是暂时的聚众欢闹，并无长久持续的开心。她想到小时候，和邻居家的小妹妹争吵，一气之下摔坏了小妹妹的俄罗斯套娃，被家长发现后还矢口抵赖的模样。那天临睡前，妈妈坐在枕边，悄悄地俯在叶予凌的耳边，告诉她要做一个诚实善良乐于助人的好孩子。窗前银白色的月光轻抚在阁楼的地上，映照着妈妈的脸庞，她那样真切温暖。

所有人都看着叶予凌，而她只是失神地站着，便认为她因为负荷不起群众雪亮的眼睛而当场傻掉了。

"你知道在公车上，被当众发现的小偷是什么下场吗？"莫语充满斗志的声音质问叶予凌，接着说道，"他们会往死里揍他。"

莫语承上启下。

"那么，我现在给你一巴掌，一点！都不过分！"

满脸错愕的蒋老师还未来得及出手制止莫语，所有惊讶的眼神中看见，一声清脆的声音，啪，落在皮肉上。

周围此时异常安静，落针可听。

7

叶予凌缓缓睁开刚刚被什么衣物糊住的双眼。

杜可风愤怒的鼻息沉沉地喘在叶予凌的睫毛上，他紧张地看着叶予凌，他的眼睛里，是一片浓得化不开的深情。

莫语怔怔地看着突然冒出来搅乱自己精心设局的杜可风。他背对而站，他后脖子上有一块皮肤此时异常红肿，那是莫语的五个手指炮烙似的，清晰地印在他的皮肤上。

杜可风这个家伙又忘了男女授受不亲，他温热的手掌又抓住叶予凌的手，是那样有力，他似乎总是能及时地出现在叶予凌受苦受难的时候。此时叶予凌眼前，便一下模糊了，打转的眼泪，颤动地旋转在眼眶里。

杜可风转身，他面无表情地看着莫语，像是被揭发了秘密一般，她精致的小脸此时心惊胆战的扭动着。

"莫语遭殃了！"

"暴龙会不会打女人？"

"哎，丑女真是魅力无敌啊！"

"……"

此时蒋老师上前招呼杜可风，她好像看不下去了，要展示一下作为老师的威严。

"杜公子呐，您息怒，勿动气……"

蒋老师的逻辑思维，此时从未如此清晰有序：得罪杜可风等于得罪杜家，得罪资本主义的杜家等于他们会随时撤资，撤资等于失去财团，失去财团等于得罪学校领导，得罪领导等于被革职，被革职等于每年公费马尔代夫的旅游没了，进而假期没了工资没了工作没了饭碗没了——生活没了！蒋老师真的很棒。

杜可风面无表情地看着身边比他矮半截身子的班主任，开口便嚷：

"李老师，你怎么教育学生的？"

"呃，我姓蒋。"

"李老师，像这样的女学生……"

"呃，我姓蒋。"

"赵老师，别打岔！"

"……"

叶予凌苍白的脸，此时大地回暖般的有了颜色，周围笑翻了的同学，夸张地张着大嘴。

"杜可风，上次可是我通知你去救叶子的。"

莫语据理反攻，想拉拢已倒戈的看众，其实心里并没有十分把握杜可风会不会真的翻脸。

叶予凌此前一劫，确实没有找到有力证据证明是莫语做的，那家餐馆至从那次事件后一直没有再开门，仿佛凭空消失了一样。于是，不情愿地，杜可风止步了，他转身欲牵着叶予凌离开。

"等一等，叶子，包还给你，但是我的东西，就当你还给我了。"

莫语晃了晃戴在她手上的手镯，神情坚定，好像已经"原谅"了叶予凌。

"没完没了？"

杜可风迅速回身，语气生硬地问莫语，怒火中烧。

双方僵持，直到一个人挡在莫语面前。

薄奚蓝一从众人的目光中走进了办公室，他的脸上是一如既往的没有表情，近乎冷漠。莫语便一下躲到薄奚蓝一的身后，她嘴角绽放着一个似乎是如愿以偿的笑容。薄奚蓝一的背影，似在为她挡风遮雨，这是她想要的，甚至比自己想象中还要振奋人心。

二比二的阵势，所有人都在翘首企盼一场激烈的火拼。

"干一架？"

杜可风说道，脸上是一样的无表情。

相同的文武双全，一样的身高，几乎势均力敌。但薄奚蓝一并没理会这种男人之间解决问题的方式，他看着杜可风，回答：

"请你放开叶予凌的手，我，喜欢她。"

杜可风当然知道叶予凌对薄奚蓝一的感觉。求证似的，杜可风低下头，看了看自己左手，手心里，是叶予凌冰凉的小手。

周围的人"哇"的惊叹声，很合理的正常反应。而蒋老师完全被自己的学生当成空气，愣在原地不言不语。晴天霹雳的表情，不仅是杜可风，还有莫语。

叶予凌最是惊诧的那一个，想不到薄奚蓝一真的在所有人面前承认喜欢自己。

"请你放开，谢谢。"

薄奚蓝一看着杜可风，语气不温不火。

像做错事的小孩，杜可风从愤怒到此时无辜的眼神，显得有些无可适从。杜可风最后一次紧了紧手中叶予凌的手。迟缓的嘴角，疲惫一样，挤出一丝无张力的笑容。他酷酷地歪了歪头，放手了。

薄奚蓝一回身看了一眼莫语，她似哭非哭的眼睛正难以置信地痴痴望着他。薄奚蓝一抱歉似的微笑，还是开了口。

"你都看到了。"

说完，牵着木头人似的叶予凌，走了。

莫语伤心欲绝的脸。薄奚蓝一，他说的做的，已非常清晰明显——是的，我看到了，我还要看看你们会怎样幸福！

杜可风看见叶予凌和薄奚蓝一的身影消失了，冲出人群。

嘈杂的人声被远远地甩在身后，杜可风捏住已经血流不止的鼻血，他此时浑身乏力，头晕和恶心也随之而来。

他知道，病情并没有像袁医生所说的那样乐观，他仰头，鼻血顺着脖子已经染红了 T 恤。

想到叶予凌，杜可风此时才接受化疗的建议，因为，她的身边现在已有新的守护她的人。他很放心，即使有一天可能不幸离世。

8

做女生最心烦意乱的莫过于那几天。

王凤凤哆哆嗦嗦地走到旗帜升降台上，把住旗杆，慢慢臀部接地。一坐定，便瘫在地上。毫不顾及下身穿的千鸟格的短裙，捂住肚子，表情狰狞。她支起脖子，前方还没有叶予凌的身影，便又瘫了回去。仰头，空中，细长的铝制旗杆上，发光发亮的五星红旗正迎风招展。

"我对党发誓，下辈子我愿做一个男人！"

一大早叶予凌就把王凤凤叫到学校旁边好吃一条街吃冰粉，要搁以前，一碗冰粉哪够塞牙缝？王凤凤大胃王吃完三大碗还算强勉过过嘴瘾。

从她慢吞吞下车的动作，早在小吃店门口等她的叶予凌就觉得王凤凤不对劲，面对各路美食，她似乎不在吃货状态。餐桌上两碗冰粉，王凤凤无力的兰花指捏着勺子，刚吃完一口，她脸色就变成惨白的颜色，趴在桌上痛苦地告诉叶予凌，碗里有毒！

叶予凌白了一眼王凤凤，便抬腿去给"中毒"的王凤凤买痛经止疼药。

在周边的药店，叶予凌脸红地发现，成人类计划生育的用品和药品最多。柜台前，她看着，不说话，售货员好像已得知情况，立刻过去为她介绍各种款式和功效，无比专业。叶予凌仓皇逃走，终于转到一家大药房，各式各样的痛经止疼药，层出不穷，似乎女生痛经这档子事像是神舟五号升天一样早就不是什么历史性遗留问题了。

"喂。"

有人还踢了王凤凤一脚，她猛地抬头，叶予凌大救星买完止疼药回来了。王风风抱住塑料袋，饥不择食地打开一包原本很嫌弃那股药味的益母草，一仰头整包颗粒全下肚了。

哪有女生把痛经挂在嘴边的，王风风一边咀嚼一边嚷嚷痛经的烦恼。并且吃完一包接一包，一整盒药，三下五除二，一下子便全没了，吃药像吃糖一样嗨。叶予凌特后悔没趁机买一包老鼠药、敌敌畏、砒霜之类的毒药堵住王风风的大嘴。

"你身中剧毒了还能跑这么远，找了你老半天。"

"内功雄厚，真没办法。"

王风风说完便盘腿而坐，两手做了一个太极拳收势的动作。叶予凌看着，没好气地冲王风风丢一句：

"那天谁要你找人群挑了，最后把杜大头叫来。"

"咋地？有了新欢就忘了旧爱啊。"

王风风的思维空间，描述人物关系的词语非常有限。她接着说："再说了，他又那么能打，叫上他一个顶上十个，有没有？"

"有你个大头鬼，总之，以后别叫他了，那样多不好。"

王风风听着，露出说话前鲜有的停顿神态，似乎在考虑该不该说。叶予凌朝她瞪大双眼，意思是王风风有话直说，别打哈哈。

"以后真不叫杜可风了？"

王风风卖起关子。

"我个人保守地认为，他是个好银儿。"

以为王疯疯的停顿，必定有金玉良言。叶予凌失望地耷拉着眼朝王风风问道：

"难道——不是好人吗？"

王风风意外地没有搭话，叶予凌深信因为王风风没有真正地接触过薄奚蓝一，所以才对他不够了解。叶予凌坐下来，看着闭眼都能找到出口的操场，想起王风风说的新欢旧爱的玩笑话，叶予凌的眼神此时略微有些落寞。因为，她假装不留意地看了一眼操场之后，却没有发现杜可风的身影。

或者在没有杜可风出现的视线中，只要听见从他仿佛装有混响器的喉咙里发出一呼百诺的声音。侧耳循声，在脑海中展开想象，通常那种画面，他是朝气蓬勃的制造者。很多时候，看不见他，却能老远地听见他在和别人玩闹的声响。而此时，她耳畔的音频，只有细细的微风声。叶予凌缩了缩脖子，很奇怪怎么会突然想起杜可风？她慌张地闭上眼。

等到叶予凌放心地睁开双眼时，王凤凤的手爪子正在眼前晃动："叶子你怎么了？"

"没事。"

王凤凤摸腮，疑惑的样子，难以相信叶予凌这副模样叫没事。

"走吧，上早自习了。"

叶予凌伸手拉地上的王凤凤，她左挪右动，就是不起来，似乎王凤凤在找武功高深的人离地而起时的范儿。

"哎呀……腿麻了。"

叶予凌垂着肩膀，再次后悔刚才没买水银、鹤顶红、断肠草这类毒药，只好搀扶着比自己身体肥三圈的王凤凤。

教学楼楼底。

意外和抱着一摞英语作业本的副班长碰见，他一把接过叶予凌肩上的王凤凤，十分友好地替她扶走人肉丸子。副班长才艰难地走了几个步子，他打战的膝盖突然猛地向前倾了一下，但很快稳住了脚。而王凤凤的脸上便立即浮现出对自己身材认知的尴尬，她不好意思地连连道谢。副班长高风亮节，只见他咬紧牙关，嘴里狠狠地念叨：一定要为下一届拔河比赛的主力选手保留体力。叶予凌手上抱着作业本，看到王凤凤的脸瞬间变绿，笑得花枝乱颤。

手里的本子，叶予凌无意瞥了一眼。班里所有科目的作业本一向按照成绩顺序罗列，最上面的不是杜可风，而是副班长。这并不奇怪，每月考试成绩浮动很正常。叶予凌于是随手一翻，发现，这沓厚厚的纸，根本没有写着杜可风名字的本子。

9

叶予凌突然手心发凉。

那天离开班主任的办公室，杜可风最后走了吗？他说了什么？叶予凌努力回想，却怎么也想不起来他那张到底是悲伤还是快乐的脸。

她急匆匆地跑到教室门口，环视整个教室，和她目光相对的，只有一些突然听见由远及近的脚步声而本能抬头的人。她清楚地看见自己的课桌旁边，杜可风的桌椅，空空荡荡。

外班的女生此时怀抱着一堆科比玩偶，自顾自地走向杜可风的座位，一个个逐一摆好。那些玩偶，分别以什么颜色，什么球服，什么投篮姿势地摆在桌上，都是按照他的喜好摆设。她们好像都是杜可风的那种神交的红粉知己，只关友情，不论风花雪月。那些女生离开时，撞见叶予凌还站在门口，眼神接触中，叶予凌看见她们的脸上是一副很懂杜可风的表情，好像知道杜可风的一切，比如他今天怎么无端端地不来上课。她们嘴角的笑意对着叶予凌，像是嘲笑。

体育课上，王风风毫无疑问地赢得拔河比赛第一名。副班长建议她去参加相扑大赛，理由是每个人要充分发挥自己的潜能。当然他还没慷慨激昂地演说完，王风风的拳头就挥上去了。副班长便立即踉跄跌倒，打倒骨瘦如柴的男生，王风风跳进沙坑，爆发了一阵母狮子胜利的号叫。

莫语看着站在王风风旁边收捡体育用具的叶予凌，她想单独和叶予凌聊聊。莫语强势地认为，叶予凌要如何与薄奚蓝一相处是她要插手的事。

她走了过去。

"我帮你捡吧。"

莫语俯身下去抹掉球拍上的细沙。叶予凌头也不抬，听声音就知道是不安什么好心的莫语。

那些扫大街的阿姨十分辛苦吧，叶予凌想着。刚清洗完三副球拍，她就累倒在地了。

此时正值秋高气爽，天上的浮云朵朵，了无心事地在空中悠荡。地上的人，总以自己的心情和感受去解读它的不言声。

莫语说：

"你和薄奚蓝一在一起，需要我的建议。"

"谢谢，我用不着。"

叶予凌依然不抬头。

不过她说："我和薄奚蓝一怎么相爱，莫语同学，这真的不是你的事。"

相爱，两个字，尖锐地刺疼莫语的心。就这两个字，像吐不出来又咽不下去的鱼刺，只能和它周旋，包容它划破喉咙时的剧痛。

"我知道。"

莫语答道，她起伏着胸腔，她嘴唇上挂着的汗珠在此时沁凉的微风中显得难以理解。

"我这样做，只不过想让他减少受伤的机会，因为有些人，很笨。"

"有些人很聪明啊，但还是一个人啊。"

叶予凌反唇相讥。

以为莫语会呛声到底，谁知，她居然笑了。不知道是被气极而乐，还是认为叶予凌根本就是暂时的得意，总之，因为爱，莫语越来越丧失理智。

"叶子因为你的口才，我才推荐你参加辩论赛，我早说过了，大赛后请你们去玩。"

一说到玩，天下再大的事在叶予凌眼里都只能排第二。

"这样的话我来安排，好吗？"

莫语瞄准时机。

叶予凌也爽快回应。

"好啊。"

叶予凌没心没肺的样子，脑子根本不去想——天下是没有免费午餐的。

10

这一天还是到来了。

从秋天早晨的破晓到此刻的黄昏，一天，算过去了，好像成长，就是昨天和今天的事，时间居然这样沉默地走过，不提示给任何人，它的来去总和。

周五放学后，叶予凌提前半小时在学校门口等薇拉，她拉紧了校服领口的拉链，显得有些紧张。学区周边每到放学，熙来攘往的人和车，满满当当地塞满眼眶。她踮脚在人群里搜索薇拉的身影，几乎每看到一个和薇拉相似的女生，叶予凌便急忙跑上去，最后都是乐极生悲的感觉。

"那个小太妹放鸽子了吧？"

王凤凤也踮脚观望，但是不确定薇拉长什么样子。只是见过几面，薇拉嚣张的神态和不入流的打扮倒让王凤凤记忆犹新。因此，只要穿着夸张暴露的，她便毫不考虑地上前和人搭讪。叶予凌端着下巴，老夫子的模样感叹，王凤凤除了胖点矮点笨点，眼睛小点，胸部嘛，这项不纳入评判标准，其实她还算是个十分仗义的死党。

"谢谢你啊疯疯。"

"大恩不言谢。"

王风风那胖丫，给点阳光就灿烂。

"想象过你爸长什么样子吗，叶子？"

"没有。"

"如果……"

突然，一阵轰鸣的引擎声停留在叶予凌的身边，王风风没说完的话，此时演变为一声长长的惊叹。

"换车了！叶子，你家——这么有钱吗？分我点呗。"

薄奚蓝一驾着一辆黑色保时捷，出现在叶予凌的眼前。不等人家招呼，王风风一溜烟地上了车。叶予凌没拦住这么自来熟的王风风，只好尴尬地笑笑。薄奚蓝一拍了拍旁边空着的副驾驶座位，他要她上去。叶予凌迟疑了下并没有拉开车门，恍神间脑子才反应过来，那天薄奚蓝一说喜欢自己的话仿佛此时还响在耳边。

也就几秒钟，她还是站着，薄奚蓝一仍旧等着。叶予凌突然想到，相同的情况。上次也是这样迟疑，而杜可风霸道地不给她思考的时间，他一伸手她就在他的身后了。

"对不起，我不能坐车。"

薄奚蓝一奇怪地看着叶予凌。

"怎么不坐车呢？我们去莫语说的聚会地点的路程很远，上来，听话。"

"什么？"

叶予凌几乎惊叫起来，约定时间薇拉还没来，怎么莫语的聚会也是今天，还是现在？

"薇拉妹妹说你们有约，莫语说聚会地点和妹妹说的是同一个地方。"

"是哪儿？"

一种不祥的预感，叶予凌头皮发麻，她怔怔地问着。

只见薄奚蓝一此时嘴唇轻叩："霞飞南路，113 弄 2-31 号。"

叶予凌突然听见心脏有力地跳动着，神情焦灼难安——地址是叶予凌的家。原来莫语和薇拉早就串通好了，安排得天衣无缝。

薄奚蓝一似乎没察觉到叶予凌脸色的异样，他说："快上车，就差我们几个人了。"

"不用了，你走吧。"

叶予凌转身离开，薄奚蓝一一个箭步追上前，拉住叶予凌。在他手里，叶予凌的手像是冰块。

"你怎么了？告诉我？你不愿意去吗？那我送你回家。"

叶予凌抬头看着他的眼，车水马龙的街上，他的双眼好像没有上次那样让人想扑进他的怀里任由自己眼泪横流。此时，一个陌生号码挂在叶予凌的屏幕上。

"我说叶子姐姐啊，你怎么还没到？蓝一哥哥接到你了吧？请你快点。"

手机里嘟嘟嘟的声音，薇拉说完就挂断电话。

约定好时间和地点，薇拉明摆着，她故意爽约了。

"我们上车吧，你在害怕什么吗？不要害怕。"

薄奚蓝一柔声轻问，他说完，把手放在叶予凌的肩上，似乎在告诉她，别怕，有我。

叶予凌没有坐在薄奚蓝一的旁边，而是缩在后座上，闭着眼，努力克制轿车带给她的恐怖感。王风风心疼地看着，眼泪一直温在眼里。

从繁华的城市，到依稀闪着几盏街灯的偏僻小巷。

薄奚蓝一的车停到巷口，叶予凌下车，眼前的景象居然如十年前一样，眼泪，止不住地往下流。巷口青石板的路面上有一个巴掌大小的坑，那是小时候叶予净和其他小男孩淘气时留下的证据。走进去一点，邻居李阿姨粗犷的嗓门，似乎现在还能听见。最里面就是叶予凌的家，张贴着福字的红漆木门，它原来的模样仿佛已被时光雕琢成面容枯槁的老妪，皱巴的一张门脸像是不欢迎任何人进入。

这里，曾是生命的起点，一夜之间它终成了一个被封锁的记忆。叶予凌月球漫步似的好像在穿越时光，走过的每一步，那些活生生的画面不停地播放在脑里。此时，她家的门突然开了，一个女孩的身影一晃而过，她走过被树荫挡住光线的路面，她的脸，立即眼熟起来。

"终于来了。"

"你到底是谁？"

叶予凌问着薇拉。

"还不知道吗？"

薇拉偏了偏头，像个调皮的小女孩。

"那么你听好了。"她叉腰站立，嘴里，一字一句，"我——叫——叶——薇——拉。"

叶予凌只觉得脑子里有一根发条松了，眼前眩晕。薇拉十分得意的脸，她眼看着脚步僵硬的叶予凌走向家，神情，更加迫不及待的愉快。

"吱呀"一声，门开了。

妈妈用过的香水味，弥漫在叶予凌的嗅觉里。那把年老的躺椅，还在窗前，妈妈喜欢的玉兰花还种植在花盆中。墙面上，一张十年前的日历还挂在那里，但已经发黄。家中的时间好像停止在车祸那天，裹足不前。叶予凌眼睛生疼不敢再向前走，那样的步子，每向前一步仿佛舞在刀尖。突然，室内有嗤笑声，叶予凌猛地转身，破旧的皮椅上莫语坐在那里，她手里还拿着已经破烂的布娃娃。

"来了叶子。"

她上前，拉住脸色发青的叶予凌。

"你怎么了，不会这么开心吧？"

莫语抱臂，语带讥讽。叶予凌绕过莫语和她的挑衅，似乎还没有从震惊中回过神，她怔忡地看着小时候的家。鼻子里突然闻到一股酒味，叶予凌转头看见记忆中洁净的墙角现在已堆满了酒瓶。此时，楼上好像有动静。叶予凌一步步走去阁楼的楼梯上，小时候觉得一步阶梯很宽很高，现在她的一个步子能一起踏上三个阶梯。站在低矮的阁楼上，叶予凌仿佛能看见一个七岁的小女孩踩着难过的小脚印，小女孩在等待打包物品的妈妈改变主意，那样就能一切如初。叶予凌坐在阁楼上，头埋得深深的，忍住哭泣的声音，像极了那年七岁的小女孩。

阁楼的门后，一张单人榻榻米上睡着一个男人。绛红色的毛毯脏得看不出毯子上的菱形图案，他背着身，蒙头大睡。叶予凌慢慢走进，一股浓烈的酒味异常刺鼻。

他就是爸爸？

屋子里安静得出奇，楼下好像聚集了很多人，但此时无声无息，像是祭祀一场活人的典礼。

11

"看来已经不用我介绍了。"

薇拉上楼，她站在楼梯口，看了一眼睡着的男人。

叶予凌抬眼看薇拉：约摸十六七岁的年纪，没有上学，混迹社会，浑身上下散发着一股风尘味。薇拉毫不客气，她瞪着眼，一点都不像对待姐姐的态度。

"很失望？喊，有个爸爸，总比你是野丫头强吧！"

"你有什么证据，他是我爸。"

叶予凌冰冷的语气。

"我能理解你的疑惑，但我告诉你，他就是你爸。"

"叶子，你怎么不认你亲爸爸，难道嫌弃他是酒鬼穷光蛋吗？"

莫语上楼，脸上一副惊讶的样子和薇拉一唱一和。今天所有来参加聚会的人此时都站在叶予凌眼前，拥挤的阁楼，因为身形高大的男生显得更加局促。薄奚蓝一最后一个上楼，他似乎终于明白叶予凌给他带去的所有疑惑。此时他面无表情，只是站在那里，并不走近叶予凌。这样的局面，叶予凌成了众矢之的。

"我不是不认。"

叶予凌解释，却不知为什么要解释给旁人听。小时候虽然家境贫寒，一家三人却穿戴整齐，脸上并无穷苦人寒酸颓塌的神情。叶予凌想不明白喜欢养花鸟鱼的妈妈，怎么会和酒鬼爸爸结婚，那么这个爸爸一定是假的。薇拉仿佛看穿叶予凌的心思，她抽身去楼下拿了一张全家福。满屋都是脏乱的痕迹，老式的相框却是簇新。灰白色的相框里，爸爸妈妈，子女，前后两排地坐着，薇拉在所有人面前，解读谁是谁。

原来，是一家五口。

"可惜呀，短命鬼叶予净死得太早。"

薇拉说话的态度，像在述说别人的心酸往事。她看着叶予凌，成功地为她补了一刀。叶予凌突然想起魏叔叔那天说话时的欲言又止，其实他早就找到了亲生爸爸的住址，是担心叶予凌承受不住对生父的失望和对家境复杂的排斥。她当然还会联想到，妈妈，是不是还隐瞒了别的实情。

离家的那天天空飘着毛毛雨，此时，天色如出一辙，低垂的天边，一道闷声的闪电划破天际。

叶予凌突然觉得很冷，她抱了一下肩。宋珂脱掉印有他名字的篮球队的外套，走到叶予凌身边，为她披上。他说："上次在你家对你说话不太友好，不好意思。"

在叶予凌眼里，宋珂完全是头脑简单四肢发达的男生，没想到，他却是满怀柔情。莫语淡定地看着，她怎么会介意。而王风风的脸，此刻，似乎已不是之前的兴奋模样。

"哪有什么永远的朋友，只有永远的利益。"

莫语一把抱住薇拉的肩，嘲讽着，她们默契相视，情似姐妹。

透过窗，叶予凌看见薄奚蓝一下车。因为快下暴雨了，薄奚蓝一把车开了进来。相同的位置，当年就是这样看着魏叔叔从他的豪华轿车走下来。叶予凌漠然地看着眼前的画面，脑子里播放着相同的影像，像是轮回。

薇拉追下楼，大喊大叫，引得周围邻居次第亮灯。不一会儿，薄奚蓝一的车前围满了人。叶予凌低头钻进车里，逃跑似的神情。

"那不是叶家妈妈的女儿吗？"

"长得真像她妈。"

"女儿也勾引有钱人！"

"小狐狸精！"

"……"

车道被堵住了，薄奚蓝一摇下窗礼貌示意让道。打开车窗的一刹那，谩骂的声音和人心扭曲的面容瞬间围攻了叶予凌。她抱头痛哭，撕心裂肺的头痛这么多年后，又一次卷土重来。神情恍惚中叶予凌听见车身后，薇拉音量超过人群的叫喊声。

"姐姐，你是我的姐姐！别想扔下我和爸爸独自享福！你听见了吗？"

薇拉真的是妹妹，她姓叶，她还是一只嗜好吸人血的猛兽。

第五章　恶魔之吻

1

还未从十年前的记忆中拔出身，脑海里总是不断闪现那天回到小巷子的情形，叶予凌最近失眠了。

仿佛一个人失眠，便全世界失眠。

她打开手机，三点零五分，离设置的起床闹钟还有两个小时五十五分。午夜岑寂，竟毫无困意。她伸手，几秒后，视觉逐渐熟悉了黑暗，房间内的东西出现器物的棱角，眼睛看清楚了物件，随之而来的，像是能看清楚它此刻的样子——孤独。

窗外阳台上昙花趁暗夜绽放，绵绵轻风吹拂着纱帘，皎白的月光便乘隙洒了一地。叶予凌起身坐在床上，人世间，好像只剩她一人。此时，手机的屏幕亮了，它的白光割破黑夜。叶予凌翻过来看，是一封新邮件，她皱了皱眉，这应该是手机收到的第一封邮件。点开，没有文字内容，只是一张天空的图片，天空的颜色，蓝得让人想变得了无牵挂。她查看邮件的发件人，是一串字母，读起来好像是杜可风名字的拼音。你又再搞什么鬼？怎么玩起消失？叶予凌把这几个字回了过去，等了十多分钟却无回音。

邮件并不是现在发的，杜可风设定了发送时间。此时的杜可

116

风正躺在床上，昏睡过去，他不知每一次睡着后，是否还能看见第二天的阳光，他也不知道就这样淡出叶予凌的生活还会有多久。他想在她看不见的地方给她传达生的意识，因为他要她活，他们像两条擦肩而过的平行线，各自伸向远方，茫茫的未知。

邮件的图标恢复了往常没有显示数字的状态，动动手指，什么都能转瞬消失，像人心，转瞬间便是世态炎凉。叶予凌望着空空的收件箱，睡意此刻排山倒海地袭来。

招聘电话打过来是第二天下午五点整。

叶予凌从被子探出头发凌乱的脑袋，用奇怪的睡腔接着电话。大概招聘的人把迎宾小姐的工作讲述得天花乱坠，叶予凌嗖的一下跳下床，以百米冲刺的速度洗漱完，蹬着那双高跟鞋，面试去了。

酒吧内侧的那街杂乱拥挤，不到夜晚，整条街店门外五光十色的彩灯便早早亮起，满是污渍的玻璃上张贴着五花八门的招聘广告。

叶予凌趴在一张写着重金诚聘迎宾小姐的广告纸前仔细地看。招聘条件，身高一米六五以上，青春靓丽，温文典雅，性格开朗……广告右下角写的招聘电话，确认是这家不夜城叫金三花的女人打来的。叶予凌推开贴着金主管门牌的玻璃门，此时一个带着复古蝴蝶眼镜的女人便立即走上前。

金三花围着叶予凌转了一圈，脸上愈加不掩饰对叶予凌外貌条件的满意。

"这女孩长得真够水灵呢。"

"金主管，请问每天兼职几个小时，我还要上课……"

"叫我花姐就行啦，小妹妹呀你就别去当那个赔笑脸的迎宾，我手上好多高档KTV，你现在应聘的岗位是包房公主。"

叶予凌眼睛睁得大大的，清澈的眼神仿佛能洗净人间的浮尘。金三花看着，心里就更喜欢了。

"不用担心，花姐可是大好人，你一会儿就知道什么是包房公主了，我们上岗前都要经过培训的，特别专业！"

"给你起个名字吧，楚楚，好吗？人如其名！"

金三花高兴地拍起手来，房间里飘着她风尘的笑声。

叶予凌此时发觉有些不对劲，她立即起身欲夺门而出。只见金三花打一个响指，门外三个壮丁跨着如同地震似的步子立即将叶予凌围住。金三花这时又轻轻地摆了摆手，那三个壮丁便迅速撤离站姿，规规矩矩地一字形站在她身后，训练有素。

"金主管你找错人了，我先走了哈！"

"站住。"

金三花脸色无情。

"你把我这儿当成什么？你自己送上门可不是我找错了人。"

"那你想怎么样？"

叶予凌不知道哪里来的熊胆，大声喊了一嗓子。金三花似乎被这突如其来的叫喊吓了一跳，扶了扶眼镜。很快，金三花迅速又占领上风，她抱臂，脸上是一副见惯了一哭二闹三上吊的把戏的神态，老到地说："小妹妹，别横，我不想怎样，大家不过是求财，你要真想走，我不拦，不过你可得交一些费用。"

"要钱没有要命一条！"

叶予凌十分不以为然地回答。

此时，金三花的座机响了，她封住刚想要说话的嘴，恶狠狠地一把接过其中一个壮汉递上来的听筒。叶予凌等待时机，胆战心惊地看着金三花的一切举止。就在三个壮丁低头好像在听金三花训话的时候，叶予凌迅速跑到门口猛力拉开玻璃门。门外的空气，叶予凌从未觉得是这样的香甜，那些她原本认为浪费时间闲逛的人，此时她无限向往。在快要夺门而出的那一刹那，金三花室内的暗门突然打开了。叶予凌扭头，停住了逃跑的脚步。

薇拉一张血泪不分的脸。

她曲卷的长发满头凌乱，沾着鲜血的一缕发丝从额头斜到嘴角，衣领处被撕开了好几颗纽扣，一眼就能看见里面内衣的颜色。但她脸上没有难堪的意思，更像是一种习以为常。

"小妹妹，我让你看看什么叫'要钱没有要命一条'。"

金三花端着手肘，右手起舞似的往暗房方向一扬，突然一声令下。

"打！"

顿时三五个人手脚齐用，几个挥舞在空中的拳头，可以清楚地看见手骨凸起的皮肤已开始发红。薇拉蜷缩着身子，似乎完全陷入地下，一声不吭。

一阵突如其来的心疼蔓延在叶予凌的身上，她情感复杂地看着。薇拉咬牙死扛的样子，泪光中，仿佛是叶予净倔强的模样。

"傻 × 丫的！"

薇拉恶狠狠地骂着金三花，她抖动的喉咙不断往外涌出鲜血。被围殴数分钟之后，依然有生气，她凶狠的眼神，似一把能置人于死地的利剑。

金三花冷冷地说："进我这门容易出门难，薇拉，你是我这儿的老手了，规矩还用我教你吗？"

看着薇拉似乎只剩下逞强，没有力气再次逃走，金三花便扬起手指撤离了打手。

"放开她！"

叶予凌锐气的眼神直逼金三花。

"你想找死吗，大小姐？"

薇拉不屑地冲叶予凌低吼。金三花此刻换上一副看好戏的模样，她看出来，两人似乎相识。

"哟，楚楚妹妹，你要为谁出头呀？那个赔钱货我可以放，不过你来替她的位置。"

金三花的主意，打得漂亮。她看了看叶予凌，又看了看薇拉，眉梢上的欢喜此时愈加浓烈。

"好啊，不过你的条件和警察说去吧。"

叶予凌高高举起手机，声音洪亮。

"再不放人，你们就等着蹲监狱！"

金三花故作镇定的脸，突然安静的屋内却让她越来越心慌。叶予凌见缝插针，跑过去拉住薇拉迅速夺门而出。金三花看见两个仓皇出逃的身影才反应过来被叶予凌骗了。眼看着身后的打手快要扑上来，千钧一发之际，叶予凌抱住薇拉跳上一辆破旧的出租车扬长而去……

2

"你撑住啊薇拉。"

叶予凌抱着薇拉的肩膀，因为失血过多，此时薇拉的脸色如同白纸，她虚晃的手此时也停止了动作。叶予凌突然觉得天要塌下来了，仿佛逐渐复苏的亲情感正攫住她脆弱的神经，她大颗大颗的眼泪滴落在薇拉的脸上。叶予凌拼命摇晃着薇拉。薇拉气若游丝地说了一句，去莫语家，便沉沉地晕了过去。

活着，比什么都重要。

出租车挡风玻璃外的天边，落日正在享受最后一刻的光明，汽车飞奔的速度似乎在追赶一个快要消散的生命。

莫语睡眼惺忪，看着可视电话里出现两个落魄的人，她按下大门解锁键，一股血腥味立即弥漫在家中。叶予凌吃力地扶着浑身是血的薇拉，步履蹒跚。从门口走向莫语家的客厅，虽然距离不远，但拖着不省人事的薇拉，叶予凌早已累得快虚脱了。室内，莫语家的灯此刻明亮了。叶予凌咬牙，使出全身最后一股劲儿把薇拉搬到了莫语的房间，便仰躺在地上大口大口地呼吸。

莫语趿拉着一双熊猫形状的拖鞋，搭拉搭拉地走近叶予凌。她只是看看叶予凌有没有事，判断一下先拯救谁。她弯腰，看稀有动物一样地看着双眼红肿并且眼神发直的叶予凌。怪力丑女好像没受伤，只是累倒了而已。叶予凌立即装着若无其事地站起来，眼神还扫了一圈莫语的家，发现并不是想象中随处可见的温馨切切，而是透着一股沉闷的压抑。

"你没事就好，不然我该忙不过来了。"

莫语说完，径直走到储物柜前，拿出一个家用药箱。她手法娴熟地给薇拉清洗再包扎好伤口，一分钟以内，薇拉身上所有出血的地方全都止住了血。

"这不是薇拉第一次把她的身体弄成这样。"

莫语扔给叶予凌一套她干净的衣服。

"这个，就不需要我帮她换了吧。"

"薇拉每次受伤后都是你处理？"

大概从莫语的语气中已得知薇拉常常来莫语家的事实，只不过想真实地听到莫语回答，她和薇拉的关系到底有多亲密。

"是的，每次都是，毫无例外。"

莫语得意地捧着手里染满血液的棉花团和药用碘酒，蹬开垃圾桶，手一翻，见证她和薇拉是怎样渐渐站在同一条战线上的东西，便纷纷落进了垃圾堆。

"很惊讶？"

莫语问着，她从冰箱拿出一罐八喜抹茶口味的冰激凌，神态轻松。

"我家的事自己处理，以后，请你不要插手。"

叶予凌冰冷的语气，准备去房间拉走薇拉。莫语缓缓放下手中的银质叉子，它碰到水晶杯的声音清脆高贵，整个房间都回响着这个声音。

她走到叶予凌面前，语气逼人。

"你准备把薇拉带回你家？你家里的爸爸同意？"莫语转过身继续说，"还有，她每次这种样子都不敢回家的，只能到我这儿，因为她家里的爸爸会打死她！"

叶予凌听得手心冒汗，鼻尖忽然很酸，泪腺此刻似乎在制造眼泪。如果现在有很多人，莫语一定会走上前安慰叶予凌，向众人尽情展示她天使的一面。但她此刻只是站定，看着，她左脚脚尖轻轻叩地，拖鞋上的那只熊猫就好像在得意地荡秋千。

"和你比起来，我更像她的姐姐喔。"

叶予凌冷冷地反问道："如果不是利益，你还会照顾薇拉吗？"

莫语脸色尴尬，很快，她摆着一副无所谓的样子。既然被叶予凌识破与薇拉结识的初衷，那么现在，甚至以后更加不需要在叶予凌面前掩饰了。

"是又怎么样？我们要的，很简单，你应该知道。"

"我不想知道。"叶予凌接着说，"如果你要的很简单，那就没必要再拉着薇拉了吧？"

莫语气急败坏的脸，心里很痛恨叶予凌一张伶牙俐齿的嘴。

"真是和你妈一样蠢。"

叶予凌和莫语同时侧头看此时已苏醒的薇拉，房间没开灯，薇拉坐在床沿，她的脸完全隐藏在房间的黑暗中，看不见表情。

醒来后，薇拉没有向叶予凌道谢而是骂上一嘴。

"薇拉，我的妈妈，不是你的？"

"错！我只有爸爸。"

薇拉激动地凑近门口。

"那个抛弃我和爸爸的女人，我恨她！"

在薇拉身上叶予凌明白了一个道理，和不懂事的孩子较劲，才是真的愚蠢。于是，叶予凌只关注了一下薇拉的伤势，她好像没事了，便说："好啊，我们就此别过。"

叶予凌松了一口气，才发觉自己浑身酸痛，筋疲力尽，转身要走。

"是吗？可金三花没那么容易放我走。"

"要怎样？"

"姐姐啊姐姐。"

薇拉叫住。在薇拉没醒来之前，叶予凌真切地希望她能醒过来，好好活着，可她此时不仅复活了还拿傲慢的口吻称呼自己。听到这个称谓，有一种既熟悉又陌生的感觉。

"我不像你，大小姐，我有家人要养，欠金三花的钱你就帮我还了吧。"

叶予凌很想一巴掌扇醒薇拉不负责任的堕落，但忍住了，脸色平静地说："我会想办法，不过你要离开那种人和那种地方。"

薇拉垂着手指，假指甲上的红色，像十团不惧熄灭燃烧在她指尖上的烈火。旁边，是她被烈火照亮的一张青春生生，却无知的脸。

"那这要看你什么时候能还上钱了。"

薇拉轻蔑地笑着，在人前毫无顾忌地脱掉她穿的铆钉长靴和黑色网袜，就看见一双清白的大腿上印着颜色深浅不一的淤青。她只是手一伸，莫语就把叶予凌刚放下的衣服递给了她，莫语身上的骄傲在此刻荡然无存。

此时，薇拉的手机响了，热烈轰响的手机铃音仿佛隔了一条街都能听见。

"亲爱的，我没事，不用担心我，等一会儿找你呀——"

隐约听见薇拉电话里是一个声音低沉的男人。莫语很识趣地走开了，把傻子都能看懂的二人世界留给薇拉。于是正打情骂俏的薇拉，换了一个躺着更舒服的姿势煲电话粥。叶予凌嘲讽地想，薇拉一手和别人调情另一手接住杜可风，她完全在行。此时她就像一个没事人一样谈情说爱，好像今天发生的一切在她那里不过是调剂单调生活的趣味品。她只要她想要的，薇拉要的听起来很简单，不过是叶予凌的一切而已。

3

薄奚蓝一的音乐播放器里放着诺拉琼斯的歌曲，爵士音乐慵懒的调性在女歌者的喉咙里慢慢舒缓。他戴着耳机，靠椅在身后主驾驶位的车门旁。自从薄奚蓝一知道叶予凌一直刻意隐瞒的她童年的遭遇，他这几天总在找适当的时机想告诉她，其实自己并不在意她心中的死结，然而她却以各种理由回避他。

叶予凌欠身，看了一眼教室南面的车棚。薄奚蓝一还等在那里，他的脸上好像没有不耐烦的神色。她收拾书包，不紧不慢。最近榜上的名次，叶予凌的成绩大跃进似的，一步从班上中下游的位置横跨进班上前三名，但她似乎高兴不起来，看着薄奚蓝一的剪影，心中，很期待与他相处的时刻，这一刻真实地到来了，心情竟是与意料之中相反的怅惘。咽下一大口凉白开，叶予凌背起书包朝车棚走去，当距离越拉越近，焦虑的神经逐渐紧绷，爱情，这该死的患得患失的感觉！

叶予凌出现在他漆黑的眸子里。他绅士地替她拉开车门，薄奚蓝一开车时的样子很认真，几乎是严肃的表情。车窗外流动着飞逝的风景，离开喧闹的城市中心，薄奚蓝一把车开到了离 C 城最近的海边。熄灭引擎，叶予凌下车，眼前，翻滚着汹涌的大海，她第一次见到大海的样子。

潮湿的海风扑面而来，鼻息里它咸湿的味道，像是眼泪。叶予凌的头发不知道什么时候已经长到背心那么长了，乌黑的长发卷曲地落在肩膀和背上，她撩开挡住视线的发丝，慢慢走近拍打着浪花的沙滩。薄奚蓝一在她身后，似走非走的脚步，她回头，他就站在那里。海风此时吹着他的衣服，鼓起来，那张少年的面孔，忧郁深沉。

浪漫的恋人们在沙滩上站着躺着忘情地拥吻。唯独叶予凌和薄奚蓝一，他们似乎各有心事。薄奚蓝一开口：

"我和莫语没什么，别误会。"

"嗯。"

"那么以后不要再为难她了好吗？"

叶予凌怔怔忡忡地转过头看着薄奚蓝一，他的脸，此时异常陌生。

他继续说：

"我每次心情不好的时候就会到这里听海，我以后常带你来。"

说完，嘴角上挂着一抹清晰的笑容。

"不用了，我不喜欢逐风踏浪。"

薄奚蓝一突然发现身边的叶予凌，自己不是那么了解，因为她说的好像是反话。在他眼里，她这反应似乎叫不领情。

和薄奚蓝一今天约会的主题是不再伤害莫语，叶予凌忽然没心思辩解，甚至揭穿莫语的真面目。她仰头躺在沙滩上——这片排空薄奚蓝一心事的地方。

风更大了，好像欲掀翻一个人的心事。叶予凌站起来，卷起裤筒站在海水里，冰冷刺骨的海水，立即像蜘蛛网一样细密地网住每一个温热的神经。她眼睛酸酸的，她发现跳动的心和冰冷，原来是相同的温度。

"你喜欢的是莫语，不是我。"

"你说什么？"

薄奚蓝一的眼神从弥漫的雾气立刻变为炯炯有神的愤怒，甚至是恼羞成怒。他霍地站起身，昂首大步走进水里，一双球鞋瞬间被灌满海水。

"你为什么总不相信我喜欢的是你？"

叶予凌望着薄奚蓝一紧皱的眉毛，只要一看到他突然变得过激的行为，叶予凌就憎恶自己把性情温文的薄奚蓝一变得狂躁。

"请你相信我好吗？"

他伸手搭在叶予凌的肩上，看着埋头的叶予凌。薄奚蓝一的手机突然响了，他拿出手机，是莫语打来的。他的手机屏幕和背景墙都是莫语，在一直等待接听的手机屏幕上，叶予凌还看见照片中莫语身后的景物，竟是这片瓦蓝色的大海。

他的秘密花园，自己不是唯一涉足的女生！

推掉薄奚蓝一搭在肩上的手，叶予凌转身走向沙滩，她弯腰拎起鞋子，抖了抖沙，此时，身后薄奚蓝一近乎咆哮的声音乘着呼啸的海风响彻在她耳边。

"你一直对我隐瞒你的身世，如果不是莫语，你那天能看到你的生父吗？"

薄奚蓝一的话听起来不假，但他只知其一，并不知道那些居心叵测的人的用心。

叶予凌皱着脸，她不想回头去看薄奚蓝一。一只无脚的美人鱼喜欢一个人而刻意隐藏自己的短处，努力分裂鱼尾学作人类行走的辛苦，因为爱，那是种挖空心思的虚荣和难堪，此时被他毫不知情地曝光了。

"是，这全是莫语所赐，那么请你转告我的谢意，再见！"

薄奚蓝一懊恼地发现，向叶予凌倾吐心声的约会竟演变成两人吵架，他语气充满了伤心和失望，他说："你从来就没信过我。"

乌云此时聚拢在一起，铅色的天空被成群掠过的海燕斜剪成一块块碎片。薄奚蓝一还是站在那里，他说完之后，看着前面的叶予凌只是抬了抬头。在她身后的薄奚蓝一当然看不见她此刻眼角的液体，海风刺骨，抱着鞋子，她想回家。

4

意料中的重感冒沉重地压了过来，叶予凌接连几天不得不请假在家休养。发烧到四十度，耳膜听什么声音都是微弱的，于是副班长锲而不舍地拨打着第五通电话，叶予凌才知道是手机响了。

她慢吞吞地接起电话，还没做好听觉的准备，手机里副班长的公鸭嗓以报告十万火急的情势冲进叶予凌的耳朵里。

"叶三名，学校有人找你，哈哈，快来瞧瞧吧。"

自从叶予凌考了班上第三名，还破天荒地首次冲进了平行班年级排名，教室后半段那群拖后腿的差生不仅赠送外号一个，作业本一沓，还纷纷向她学习改写反面教材的历史。

眼前，乌压压的人群堵在了门口，叶予凌发现根本进不去。贵族学校的门口，两尊汉白玉雕刻的石狮子中间躺着一个衣衫褴褛的醉汉，众人正围观着这极其戏剧性的一幕。此时，突然一只手抓住叶予凌，宋珂，他神色紧张。

"叶子，你别靠近。"

顺着宋珂眼神的方向，叶予凌忽然觉得醉汉的身形在哪儿见过。看着宋珂有些担心的表情，恍然大悟似的，叶予凌一下明白了他的用意。

那醉汉不是别人，而是叶予凌的爸爸。

"没事，谢谢你宋珂。"

她深呼吸了一口气，拨开人群，上前走到台阶前，叶予凌拉过爸爸的一只手搭在她的肩膀上，咬牙，醉汉爸爸耷拉着头和他熟睡的身体便半站立起来了，像是那天扶着薇拉的场景。叶予凌双腿打战，她纤弱的身体为亲情支撑起一片天空，周围的人默声看着，仿佛千斤的重量压在叶予凌的身上和心里。

"看什么？你们这帮纨绔子弟，没错，他就是我爸爸，要嘲笑我的人尽管嘲笑，我才不怕你们！"

叶予凌以一敌百地站在人群视线的中间，怒视的眼神。

宋珂沉默地走上前，把叶予凌爸爸的胳膊搭在了自己的肩上。四周的人们神色漠然，叶予凌坚定地收回曾生长在内心的害怕与自卑，她大步跨上前和宋珂一同扶着爸爸。

幽暗狭长的弄堂在夜幕下弥漫着薄雾，地面似乎被湿润的空气改变了干燥的颜色，从下往上冒出来的凉意正好为高烧不止的叶予凌带来一丝解热的良药。他们坐在家门前，等待薇拉回家开门。此时，一阵放肆的男女嬉笑的声音飘荡在巷子里，闻声被打扰的邻居开始骂骂咧咧。天黑透了，薇拉才回家。她的头腻歪在一个男人的臂弯里，那个男人看起来比她大十多岁，不务正业的样子，他看见薇拉家门口坐着叶予凌便拔腿跑了。

"怎么是你？"

薇拉叉腰站立在那儿，满脸写着不欢迎叶予凌的到来。

"爸爸可能又喝醉了……"

"我好心让你知道你亲爸还在世上，不是让你抢走我的爸爸，听明白了吗？"

叶予凌又一次被薇拉粗暴地打断说话，她想要解释，宋珂却开口道：

"你爸可能是去找你姐但醉倒在学校门口，是我们送他回来的。"

薇拉十分擅长拿玩味的眼神写着答案，她仔细地看了看宋珂。

"叶子姐姐，你换男朋友的速度比我还快呢？"

她抄手，恶狠狠地说：

"学你妈学得真像！"

出其不意。

一记响亮的耳光甩在薇拉的脸上，火辣辣的五个手指印挺立在薇拉的脸上，她此时一张惊讶的脸定定地看着叶予凌。

"薇拉，我妈就是你妈，不要诋毁她，再有下次我决不轻饶你！"

薇拉拉开膀子欲还手，却被宋珂制止了。清冷的月光打在薇拉的头上，她的脸沉入漆黑中只露出一双闪着血海深仇的双眼，像吃人似的看着叶予凌。

她突然冷笑道：

"钱，给我这个月的生活费。"

"我还没攒够，下次给你。"

一分钱难倒英雄汉，叶予凌登时少了刚刚长姐的威严，连说话的声音似乎也降低了。

"那你嚣张什么？还是管好你自己吧，大小姐！"

薇拉掏钥匙开门，宋珂的手突然递了过去。他手里拿着一沓百元大钞，轻轻抖了两下。薇拉直直地盯着，她伸手立即收到皮包里，脸上喜笑颜开，却继续纠缠不清。

"有本事啊，现在就有男人养你，杜可风应该完全是我的了吧？"

杜可风？

听见这个名字，叶予凌怔了怔。已经好久没见到那个眼睛明亮的小痞子了，他似乎是不辞而别，叶予凌不自觉地低下头。如果爱情真的可以像爱情狗血剧里演的那样，可以随时逃离抽身，那么天下还有没有因爱而恨而自杀的痴男怨女？

宋珂把醉汉爸爸背进屋，薇拉自顾自地打电话去了。叶予凌刚迈步进家门却又退了回去，她似乎不想再看到过往熟悉的事物，害怕好不容易逆转的自信和勇气会顷刻间荡然无存。

长在弄堂青灰瓦片上的树梢，它斜斜的枝头在明月前晃动着身影。暗夜无人，只有发丝间附着的冰凉的冷清。

重感冒还有加重的意思，叶予凌吃完整盒快克胶囊，头脑昏昏沉沉的。她闭上双眼，忽然想起什么似的去打开手机，邮件图标上还是没有显示新邮件的数字。感冒药副作用的驱使下，她很快睡着了，睡梦中，山林间有一群萤火虫绕树旋转，它们拖着绿色的尾巴在空气中飞舞着，显出一道道晶莹剔透的光晕。追逐萤火虫的叶予凌仿若是仙境精灵。她身穿白色薄纱的裙子，树荫下，聆听萤火虫吟唱。

　　黑黑的天空低垂，亮亮的繁星相随＼虫儿飞虫儿飞，你在思念谁＼天上的星星流泪，地上的玫瑰枯萎＼冷风吹冷风吹，只要有你陪＼虫儿飞花儿睡，一双又一对才美＼不怕天黑，只怕心碎＼不管累不累，也不管东南西北。

5

幸好只是头痛而已，如果在期末考试前生病住院，那这段时间努力读书的辛苦就付诸东流了。刚刚急诊室里，向学校帅气校医放电的护士，用十分明显的眼神告诉叶予凌，这个瘦得跟豆芽一样的女生扰乱了她调情的节奏。她嘲笑的腔调叮嘱别再一口气吃下一整盒感冒药，那又不是丰胸药，死命吃！于是叶予凌拎着止腹泻的几包药，灰头土脸地走了。

突然一阵旋风似的，叶予凌身后一辆自行车飞驰而来。来不及闪躲，她就重重地跌进了花坛里。叶予凌的膝盖卡破了皮，她唯一的一双白色帆布鞋此时被泥土糊得看不见白色。她恼怒地起身寻找肇事者，王风风就那么抱臂站在那里。

王风风似乎减肥有效，她手臂上的"拜拜袖"貌似小了一大圈。她抱臂站立的神态，叶予凌看着，竟然有点像莫语。

"疯疯，你倒是拉我一把啊。"

叶予凌还坐着，她伸手。王风风和叶予凌对视了几秒，接着她头也不回地骑车走了。叶予凌呆呆地愣在原地，搞不清状况。

王风风也吃错药了？

叶予凌似乎还未意识到身边的人际关系已悄然发生了变化。她满身泥迹地站在教室门口喊报告，衣服上洗掉泥土的地方还往下滴着水珠，湿答答地在地上滴满了一个圆圈。此时全班都在看着女版济公和尚的叶予凌，独有王风风在埋头推算几何试题。

叶予凌放下书包，板着一张脸，还没坐下来就抬腿嚣张地踢了一脚王风风的椅子。胖妞居然只是挪了挪屁股，她身后的叶予凌都快翻脸了，她却是一张依旧波澜不惊的面孔。

此时有人从前排给叶予凌传了一张纸条，还差一个座位的距离就能传到叶予凌的手里，却被数学老师半路拦截下来。老师朝那个无辜的同学用力地摊摊手，那张纸条便打开在数学老师布满灰尘的镜片上：不必和王风风一般见识。落款处清楚地写着一个名字：宋珂。

数学老师声音高亢地念完，全班哗然。叶予凌满脸通红，全班几十张表情惊悚的脸看着她。叶予凌的眼神锁定在宋珂的脸上，那个善良的男生同样地羞红了脸，此刻正紧张不安地转着圆珠笔。

叶予凌突然想起他那天递给薇拉的钱，以他的家境不太可能一时间拿出那么多钱，好奇怪的宋珂！

打完球的男生上课前打开了教室的风扇，扇叶"吱呀、吱呀"地在天花板上打着转，给地上的同学吹着与季节毫不相干的温度。但叶予凌觉得风力太小，不能吹干她还没消失的脸红，她情绪焦急地看着王凤凤。此时，一直沉默的王凤凤突然霍地站起来，站了几秒，又突然使劲儿扔掉手中的橡皮擦，低着头跑出教室了。叶予凌紧跟上去，她的膝盖刚停止流血，现在因为弯曲，疤痕破皮的地方又开始流血了。看着王凤凤跑远的身影，叶予凌只好扶着腿坐在楼下的走廊上。

不一会儿，她感觉到身后有人。

"你没事吧？"

王凤凤回来了。

一丝拨开乌云见月明的开心一下子涌到叶予凌的心间，她抬头看着王凤凤，算你还有点良心，哈哈。

"没事，怎么？不跑了？"

叶予凌故意拿着一惯在王凤凤的面前要酷扮老大的姿态，她心情似乎好多了，并没有注意到王凤凤的脸。

"我们绝交吧，叶予凌。"

安静的校园，王凤凤这句话出奇地大声。

她的回声还在叶予凌的脑子里回荡着，像真的被雷劈了一般，叶予凌的笑脸僵住了，死党突如其来的叛变，一百个不信的表情：喂，王凤凤，你没开玩笑吧。

"和你做朋友很累。"王凤凤不抬眼，语调平缓，"你现在的名声也不好，我妈说了，不要和你这样的女生在一起。"

"王凤凤，你妈还说什么了你一口气全说出来。"

叶予凌哭笑不得。

"你……别这样，叶子。"

王凤凤稍微侧了侧身，语速更慢了。叶予凌是了解的，王凤凤这样的行为，是本性不够刚烈的人偏偏要放狠话，但遇见坚持己见的人便一下泄了底气。

"那我要怎样啊？"叶予凌懒散地回答了一句，又道，"绝交可以，那你以后被人欺负被人叫喊大胖妞，没人帮你出手了。"

叶予凌原本只想吓唬一下王凤凤，没想到，眼前，王凤凤一张憋红的脸，神色激动起来。

"你现在很了不起是吗？你有什么好得意的？"

好姐妹，闺密死党关系的破裂，现实生活真是远比电视剧还要来得刺激。叶予凌咽下还想要讲的话，突然明白了这几天王凤凤若有似无的冷漠，原来她早就打定主意要宣布她的决定。

想到宋珂纸条上的那句话，叶予凌笑笑。

"你和我绝交，该不会是因为宋珂的原因吧？"

除了爱情能迷失一个人心智之外，特别是在王凤凤的身上，真的找不到其他为她辩解的理由。

"当然不是了。"

王凤凤速变的脸色，答案，此时此刻完全写在她脸上，她眼神闪烁地说。

"再见了哈，你不要耽搁我待会儿和朋友喝下午茶的时间。"

"王凤凤。"

叶予凌打趣的语气。

"你什么时候有了喝下午茶这么高端的习惯？"

王凤凤突然停住脚步，脸上露出从未有过的悲伤。

"叶子，你和我一样都是平凡的女生，无论是长相还是家世。"

她转身，似乎有些颤抖，眼泪划过她圆实的脸，似乎衬托出她的感情更加真实有力，她哭诉着："可是为什么会有这么多人喜欢你？连我喜欢的男生喜欢的也是你！"

王风风似铆足劲儿最后号叫了出来。这句，才是她想讲的话。

走廊尽头，莫语一直藏身观看，此刻，曾经形影不离的两个好朋友看来已完全撕破了脸。

叶予凌想说几句为自己辩解或是安慰王风风的话，不料，王风风的身后此时走过来莫语，她步伐翩跹，笑意逐开。

来得真是时候，这更加助长了王风风没头没脑的傻气。

"老师让我来叫你们回班上去，有什么大事呀，来，风风别哭了。"

莫语说着，拿出粉色小方巾给王风风擦拭眼泪，那个脑子是单细胞动物的王风风此时就哭得愈加激烈了。

"莫语，王风风说要喝茶的人，就是你吧？"

叶予凌严肃的脸色；莫语满眼尴尬。王风风停止哭泣，眨巴着小眼睛看她面前的两人是要吵翻天？

"如果你想去，那我们一起啊。"

莫语回答，她出类拔萃的情商。

"喊！"

有莫语的地方似乎就有阴谋在暗涌，但叶予凌不屑，脸上挂着一副见过大风大浪的表情。

"本女侠决定，向你莫语宣战。"

莫语和王风风同时惊呆的脸，伸长着脖子，以为两只耳朵被幻听迷惑了。

隐忍退让了这么长时间，现在真的很累了，不想再有人误会自己。即使被所有人当作神经病也好，流氓也罢，就要从今天开始为自己更名一次。她大步朝前，经过王风风的眼前，曾经交好的画面像是功能失调的放映机，不受控制地自动播放着。

别了，友情。再见，王风风。

6

又折回校医院。

女护士看见叶予凌，先是夸张地瞪圆鼻孔，然后就像看瘟神一样上下打量着叶予凌。女护士鼻子眼睛朝天，手指一挥，叶予凌便低着头一路小跑进了最里面的外科。

碘酒擦在伤口上的疼痛，此时正真实地演绎在叶予凌那张巴掌大小的脸上。外科医生都是一副冷冰冰的表情，他们都戴着大大的口罩，一点都没有关爱病人的样子。简单地包扎完膝盖上的伤口，一个身穿大白褂的医生还算负责任地叫叶予凌坐在病床上听护士讲解如何自行换药。说完，大白褂们便一个个出去了。门是虚掩的，此时，外面几个女护士正热烈地讨论着她们包扎过的帅气男学生。

"晓得吗？上次我处理过一个打架头部受伤的小男生，哎唷，那个帅呢。不信？我有照片。"

大概从随声附和的赞叹中判断，"头部受伤的小男生"长得真的很帅，而且还是师奶杀手。叶予凌突然发现偷听别人说话是一件很没礼貌的事，于是，她捂住耳朵，嘴里念念有词。

"让我再看到那个小男生，一定请他出去玩儿。"

依然是那个沉浸于花痴中的女护士，她忽然尖叫了一声：

"那个小男生怎么还没有来复查，瞧瞧我这记性！"

有护士拿出记事簿，翻篇的声音清脆发响，指甲划到纸上，似乎停留在某一行。

"是杜可风吧？"

一个声音说。

叶予凌感到心脏此时猛烈地跳动了一下。门外，那叽叽喳喳的声音仍旧不停歇地咋呼。

"哎呀，对对对，就是他。"

"嘭"的一声，叶予凌从床上跳到了地上，眼泪像两条大虫子一样爬在她的脸上。护士们闻声，探头张望着屋内，还是那个她们讨厌的豆芽菜在制造麻烦。

"现在的女孩子真是娇气得厉害，受一丁点儿的伤，你看，哭成那样。"

她没有心思理会爱编织故事的护士，僵尸附身一般，叶予凌僵直的四肢迈着机械的步子走出去了。

她听出来，杜可风似乎生病了，还病得不轻。他在街上晕倒和被刀疤男击中头部有关。她当然只理清了杜可风不来学校的部分原因，还信以为真地认为杜可风挨的那一下足以让他在家休养近两个月。

对于杜可风，她到现在又了解多少呢？

叶予凌拿出手机，第一次拨打杜可风的电话。她紧紧地贴在耳边，害怕错过和他说的每一个字，然而，她的手机提示，这个号码不存在。

叶予凌连续拨打了几次，无一例外的是相同的语音提示。黄昏前，她终于相信今天的太阳快要下山了，杜可风今天又没来学校。叶予凌才发现没有一点法子可以找到杜可风，他好像人间蒸发了，似乎连水蒸气都消失殆尽。

此时，手机收到一封新邮件，仿佛飘离了一点现实。她激动地点开，躺在邮箱里的仍然是一张天空的相片。湛蓝的天空有一道笔直向上的气流，长长的一道，在最上端处收紧，看起来像一滴眼泪。叶予凌迫不及待地回信，在她期盼的眼神中迎来送往了一波又一波人流，手机，却再也没有新邮件的提示。

7

日历上的日期又临近该给薇拉生活费的时间，做完模拟考试试卷，叶予凌便出门找兼职去了。

周末放假，不窝在家打电动看碟睡大觉的学生居然这么多，叶予凌放眼望去，同样找兼职的人满大街都是，连在街上发宣传单的工作此时都供小于求。肯德基周末兼职的工作看来是赶不上了，她从人堆中挤出去，无奈的表情，仰头，肯德基大叔的笑脸依旧那么慈祥。

没有王风风陪伴的日子，叶予凌周围的空气显得有些冷清。她想，如果胖丫此时在身边，她一定会用她敦实的身材为自己开辟一条新大陆，或者用她的狮子吼，扯脖子仰天长嚎一声，威力超强的气波便立即震碎刚才挡住自己挤进去的人群。

叶予凌想给王风风发一通信息，输入好的几行字，转念，全删了。不知道王风风最近又在培养什么社交名媛的生活习惯，兼职也没影，叶予凌此时只能用"人财两空"来形容站在喧闹不已的大街上却一无所获的自己。

垂了垂肩膀，大叹一口气，叶予凌求职第一天即将以失败告终。

似乎天无绝人之路。

"同学，你找兼职，是吗？"

叶予凌回头，一个系着白色围裙、头戴白色高帽并且身形十分肥胖的男人站在她眼前。

"我这儿正好有一个职位空缺，你要不试试？"

职位空缺？叶予凌顺着胖大叔手指的方向，一个破烂不堪的简易餐车在秋风中正冒着腾腾的热气，店名：胖老三醋熘鱼丸店。

就是缺一个打杂小妹，还职位空缺呢，说得跟世贸组织跨国招聘人才似的，叶予凌小声嘟囔。学生真是廉价的劳动力，经济实惠，负责认真，还十分好蒙，一番交涉后周末兼职的工作算是找到了。胖大叔要求现在就上班，站在餐车前，手握着醋味十足的竹签，秋风瑟瑟，叶予凌才猛然发现找兼职的原因是还债啊，好像胖大叔到现在都没确切地告知时薪是每小时十元还是八元。她叹了口气，只能归结于自己的"心地善良"。

三分钟之内，一大帮男生围过来买鱼丸，似乎每个男生都以赞美的眼神看着她。此刻，叶予凌和鱼丸，秀色和可餐完美地糅合在一起。但不一会儿，手指被竹签划破的疼痛让她咬紧牙，薇拉那张布满鲜血的脸突然闯进叶予凌的脑子里。只言片语此时翻滚着，还钱，帮薇拉——妹妹。

这时，一个男生领队带着一群男生，朝着胖老三鱼丸店走了过来。

"叶三名，你混得这么好吗？"

叶予凌停止了继续串鱼丸的动作，她凝神，说话的这个男声很耳熟。此时，心跳，莫名地加快了。

抬头。

杜可风，那个小痞子抄着口袋，斜身站立。他目似星芒，他认真地看着她的时候，显得那样深情。消失近二十天之后，他重新回到叶予凌的视线中。她万万没想到在大街上，在自己不算漂亮的状态下和他相遇，她看不到他刻意隐藏的用心良苦，她只看见他好像变瘦了，皮肤也变成了健康的古铜色，似乎比以前显得更加阳光。

"傻了？"

杜可风拿手晃在叶予凌的眼前，她一动不动。只剩下两只滴溜溜转的眼睛看着杜可风左拿一串右拿一串，甚至还拿走已经卖给别人的鱼丸。

"好吃……好吃……"

杜可风满嘴塞着各种口味的鱼丸，喉结上下有力地吞咽着。

叶予凌连忙道："老板，他吃的那几串算我的。"

还没领到工钱，就预先支出去几串鱼丸钱了，叶予凌愤愤地看着杜可风。

"这么好？"

杜可风瞪圆着眼睛一副难以置信的表情，只见，他突然一挥手，原本安安静静站在他身后的那群男生，此刻像八爪鱼的爪子一样全都伸过来拿走一串、一串的鱼丸……

"杜可风！"

两眼冒火的叶予凌号了一嗓子。忙前忙后，她的头发早就散开了，发梢支在各个方向。此时她一声吼叫，加上愤怒的眼睛活像神话人物钟馗的模样。

杜可风咬住嘴唇，脸颊的肌肉往左右方向吃力地拉伸着。他已经很努力地憋住不笑了，当再次抬眼看着叶予凌时还是忍不住笑了出来，于是周围吃白食的男声也应声笑了起来。

直到有人似乎以清清嗓子的声音在提示某人。

一个身材高挑的女生走进人堆里，她手臂上挎着桃红色小拎包，神态高雅，身上散发着的香奈儿香水的味道，和她眉目间的气焰此时一同传到叶予凌的嗅觉里。杜可风果然是那个"某人"，他立即收住了笑脸，换上一副从未在叶予凌面前展示过的样子，他走近女生，用手指抚去她嘴角处的发丝，柔声问道："我尝过了，这家的鱼丸很好吃，你要吃吗？"

女生翻动着嫌弃的眼皮，完全没看此时像丫鬟一样的叶予凌和胖大叔手中的鱼丸，似乎连她眼角的余光都只愿意装满一个人的身影。而她眼前的杜可风，也以相同的目光呼应她。

　　叶予凌突然觉得自己之前的担心好像都是多余的，小痞子活得很好，还交了女朋友。原来想象中他病痛难忍的画面，此时在叶予凌的脑里，不自觉地换为他和那个女生甜蜜的画面。她低头继续忙着，心里却忽然酸酸的，像刚喝完一大碗炸鱼丸的米醋。

　　周一，学校各个班级和杜可风交好的男生以打完一场接一场的篮球比赛欢迎他们的偶像返校。操场四周的一群女生不时传来阵阵刺破耳膜的加油声。阳光下，他们青春热烈地投篮，扣篮板，空中接力，跳跃，进攻防守，好像挥洒不尽的活力全都要在今天爆发。

　　路过操场的人，不断侧头看向篮球场上的那一群烈火，路人的眼神中带着不自觉的欣羡——青春，青春。叶予凌推着自行车，目不斜视地走过了。她高高扬起孤傲的下巴，在此时球场上的杜可风的眼里，却是让他会心一笑的风景。他脸上淌着汗珠，平缓了一下胸口粗喘的气息，拿起一瓶水，仰头饮起来。于是，在走远了的叶予凌的耳朵里，这又是那一群女生被杜可风举手投足的风采吸引后，集体犯花痴的惊声尖叫。

　　叶予凌捂着耳朵，加快了步伐。那个小痞子的身上，叶予凌觉得，他似乎突然拥有可以让自己面红心跳的法术。她坐定下来，心跳还怦怦不止，这种滋味要向谁倾诉呢？她环顾四周，眼神，最后落在前排王凤凤那里。而她只是做着练习题，平时的八卦王凤凤，此时无影无踪。她座椅上挎着的书包，肩带上有一只眼睛镶着水晶的熊猫。完全猜中，王凤凤的书包和第一排座椅上莫语的书包一模一样。

　　倒戈，和莫语情谊交好的决心，看来王凤凤不是一般的在认真地执行中。叶予凌传了一张熊猫书包的相片到部落格里，不一会儿，在图片底下留言的人都纷纷发了一个流口水的表情，于是叶予凌从中得知这款书包是什么品牌什么系列多少人民币。王凤风不仅是交到朋友，而且还是一个名副其实的土豪朋友。叶予凌在图片上留言，调侃地写道，王风风祝你在名媛仕途上越走越远，萨油那拉。

关闭手机拿出下节课的化学课本，发现一张卡片夹在里面，叶予凌诧异地打开，卡片里画着两个女孩，其中又瘦又丑的女孩，叶予凌看空白处的批注上写着自己的名字。旁边，皮肤吹弹可破的女孩则是薇拉，一头直直的飘逸的长发，显然和现实中的薇拉相反。画中，她和叶予凌背靠背地站着，脸上是同样的冷漠，连接她们世界的唯一的桥梁是钱。叶予凌感叹，十六七岁的女孩子表达方式十分幼稚。她明白薇拉的意思是讨生活费，居然还用了一种和她本人极其不搭调的文艺范的方式来转告自己。虽然嘲笑，但不得不承认，薇拉画画，画得很棒。摸摸口袋，叶予凌扔下卡片便走出了教室。

8

隔着人影晃动的行人，偌大的操场，叶予凌还是第一眼就认出了薇拉。离上课还有二十分钟，随处可见懒散在操场上的学生，当然她还看见了，薇拉面前站着的是杜可风。他们离叶予凌完全看清楚或者听清楚的距离还很大，她只能看见他们好像在交谈的样子，却听不见他们说话的声音。

"家里的水龙头又坏了，我没钱，你什么时候来修？"

薇拉说话的口吻，如果旁人听见了，会认为他们好像常常来往，相互间是很熟悉的朋友。

说完，薇拉单脚站立，斜着肩，她肩膀上的蕾丝吊带松松垮垮地歪在凸起的锁骨上，一个轻轻的动作便要掉下去。薇拉仿若不知情，她只是打开皮夹，拿起一盒香烟，点燃了一支。

"好的，我知道了。"

杜可风没有别的话，讲完，欲离开。薇拉吞云吐雾的样子，在他转身时，突然抽掉她嘴里叼着的烟，眼含怒气。

"管我？怎么？喜欢我啊？"

"你快回家吧。"

薇拉长得的确很漂亮，眉骨下长着一双妩媚的眼睛。她似笑非笑娇嗔地看着异性，或许青春期的少年，多数对于女性的幻想，大概此时就藏匿在薇拉的眼神中。

她以为百战不殆，薇拉细瘦的小腿向前迈了一步。而杜可风从头到尾都板着一张臭脸，他抄着口袋，右手还拿着沾满汗味和灰尘的篮球。

"我回不回家，关你什么事？"

薇拉面带愠色，自己对他示好，杜可风却是一张无情的面孔。

"薇拉。"

杜可风此时忽然脸色严肃。

"你以后不要去打扰你的姐姐，上次我给你的生活费，你不会又这么快就花光了吧？"

"上次？"

薇拉不屑地哂笑了一声，关于杜可风的记忆，此时，打开了阀门。

她记不清上次杜可风是在什么时间给了多少钱，但是她清楚地记得，杜可风找到她和她爸爸时他就说得清清楚楚，不要让叶予凌知道他为她做的一切。薇拉和爸爸刚刚结束流浪上一个城市，回到妈妈和叶予凌曾生活过的家。杜可风是这个城市第一个给薇拉送去关怀和温暖的人，薇拉会渐渐爱上杜可风，毫不意外。那时，薇拉还没有像现在这样厮混于各个夜场赚钱养家，她还是一个心思单纯的女孩，后来迫于生计，她变得疯狂起来，她善攻心计，甚至不择手段。杜可风因为爱一个女孩，从而愿意背负一切可以压倒她的困难，女孩，便是叶予凌。薇拉曾美好简单地以为，杜可风帮助自己的善举就是因为他喜欢自己，直到莫语告诉她，叶予凌才是杜可风心尖上的宝贝。嫉妒、仇恨和出身支离破碎的家庭，似乎一夜间改变了薇拉，她摇身一变，时而红尘女郎，时而小太妹，她纵情放肆地挥洒着青春的疼痛。最后还与莫语联手，誓要夺走叶予凌的一切。

"就是我住院的前一天。"

杜可风提醒薇拉，上次给她钱的时候，是他最后一次以教授低年级男生打拳的方式辛苦赚来的钱。

"哦。"

薇拉恍然大悟的表情，她缩圆的一张嘴，又说："对了，你的病怎么样了？真的会死人吗？"

杜可风无奈地点了点头，看着薇拉。

"野丫头，我真的死了，你家三天两头就会坏一次的水龙头，那就再也没人帮你换了。"

薇拉捂嘴笑着，她今天涂的是黑色的指甲，十个手指黑得像她变脸时漆黑的眼珠子。她拿开手，甜甜的笑脸看着杜可风。她当然不希望他突然死去，家里那些需要时常修理的家电，才让她有机会隔三岔五地见到他。

"开个玩笑嘛，可是，你交女朋友就不是开玩笑的吧。"

杜可风就这么一点隐私好像全被薇拉知道了，从生病住院，暂停课业，最后到复课之后突然交的女朋友。

被这样问住，对于为什么会突然有了女友，似乎是一个让人生疑的问题。该怎样回答薇拉呢，杜可风挠了挠头，说是因为医生告知病情不稳定并且可能随时死去，交女友是为了让叶予凌彻底远离自己。就算被她误以为是花花公子，那样就算自己真的死了，宁可让她彻头彻尾的恨，也不要让她带着难过的心情怀念自己一辈子。

此时，薇拉脸上的表情好像是等了一个世纪那么漫长。她破天荒地敛着暴躁的脾气，端着肩膀，等待杜可风的眼神从涣散回到聚精会神。

"我没开玩笑，我是认真的。"

撒谎，杜可风将言不由衷包装得真心实意，眼神落寞。他放开夹在手臂和大腿外侧的篮球，啪啪地拍着，跳跃的篮球回到他的手心，他又重重地拍到地上。

薇拉此时开心得跳了起来，说道："你不喜欢叶予凌了？那么我要继续追你咯。"

薇拉掰响了各个手指的关节，像一个拳击手正摩拳擦掌，似要大展身手。

杜可风疑惑地看着，这应该是认识薇拉这么久以来，第一次看到她的行为和年纪相符，也第一次看到她这样开心。他摇摇头，上扬了嘴角，薇拉便更高兴了。

远处，叶予凌突然停止跑向他们的脚步，看着薇拉欢欣跳跃的身姿，杜可风似乎在微笑，他们到底发生了什么？

"好了，你回去吧，记得我们的约定好吗？"

不等薇拉回答，杜可风接住空中的篮球，头也不回地走了。杜可风穿着球衣的样子，他的脸在转身时，阳光照耀下露出他好看得如刀削斧凿的轮廓。他此时的样子相同地映射在叶予凌和薇拉的眼中，直到他的背影完全淹没在教学大楼后面。叶予凌回头，便撞见薇拉正看着自己，薇拉的脸，此时已变回了她平日的冰冷和刻薄。

"钱给你。"

叶予凌没有活力的语气。薇拉接过，点了点，信封里装的钱全都是毛钱，还皱皱巴巴的。薇拉尖着手指，拿起一张人民币，表情十分嫌弃地说：“这里面面值最大的才五十，叶大小姐，你比我还穷呐？”

“有的全在里面了，你也可以不要。”

叶予凌不抬眼看薇拉，她垂着眼帘，莫名的没精打采。

操场上的人此时越来越少了,叶予凌看了下时间,快要上课了。

“我刚才和杜可风无意中碰见，我们说了……”

薇拉故意说谎，她是故意截住杜可风的，但她还没说完，就被叶予凌打断了。

“你们聊了什么？”

这个问题突然脱口而出，还打断别人说话，叶予凌对自己的行为感到不解。但仍然低着头，不去看薇拉。

“他谈恋爱了你知道吧。”

薇拉向两边摊手，撒谎对她而言简直是小菜一碟。她的眼神忽而一闪，女孩与女孩之间的敏感，薇拉似乎已嗅到了什么。看着叶予凌，她嘴角一笑，说道：“家里的水龙头坏了，我来找人修。”

“你应该去找修理工，跑学校干吗，我要上课了，拜拜。”

她迈步要走，再不去教室又会被罚值日了。薇拉瞅准时机，看着叶予凌，口齿清楚地说：

“修理工就是薄奚蓝一呀。”

叉腰，抖脚，薇拉得意时惯用的动作。叶予凌简直不敢相信自己的耳朵，她回身，似乎很沉重地转动着自己的身体，此时不安和难以置信的神色布满了她整张脸。

“从什么时候开始修的？”

“家里坏掉的东西都是薄奚蓝一修好的，叶子姐姐。”

薇拉眨巴着大眼睛，还噘起灵巧的小嘴，似乎叶予凌不知道薄奚蓝一就是修理工的这件事非常荒谬。

"不过他说不要让你知道，现在你已经知道了，那么我以后不会再找他了，我走了。"

收拾残局，该如何了解和喜欢一个人的听后感，薇拉全都留给了叶予凌，她转身时伸出羞怯的手指对叶予凌挥手道别。她知道这会让叶予凌陷入头脑风暴，她接着还会纠结和自责。薇拉修炼为恶魔的经验值，似乎此时已达到顶峰了。

学校上课铃声蓦地响起，叶予凌还愣在原地。头痛，似乎已潜伏了好久，此刻正以迅猛之势朝她压过来。

第六章 灰霾天空

1

　　只看见讲台上老师的嘴像复读机一样，机械地一张一合，叶予凌完全没有听讲。终于挨到连续上两节体育课，正准备找薄奚蓝一问个究竟，不料此时魏叔叔打来电话，一种不安的预感萦绕在叶予凌心头。

　　走进魏叔叔的公司，立即被眼前繁忙的工作节奏吸引，在秘书小姐的带领下，叶予凌第一次出现在魏叔叔的办公室。

　　"小凌，最近好吗？"

　　殷勤的秘书换了一杯咖啡，端放在魏叔叔面前，他喝了一口，面色慈祥地看着叶予凌，接着道："选一个，你准备一下去美国或者英国留学吧。"

　　"我不去。"

　　几乎脱口而出。

　　刚找到爸爸和妹妹，她想都没想就这样作答。而魏叔叔的脸色此时却凝重起来，想好的话似乎终于决定说出来。

　　"我没找到你爸爸，抱歉。"

　　说谎？

叶予凌顿时瞪大双眼，看着对面气定神闲的魏叔叔。

这么多年，妈妈和弟弟发生的意外事故，对于魏叔叔的情感，她一直挣扎在原谅和憎恨边缘。因为他这一刻的谎言，她放弃了原谅。

"我想，我已经找到我的家人了。"

叶予凌口吻平静，她双目直视着对面皮椅上，那个既熟悉又陌生的中年男人。意料中的，此时魏叔叔十分惊讶的神情，他曾受伤的左手突然细微地颤抖，眉宇间，仿佛有什么东西正灼烧着他。

"可能是我自私了。"

魏叔叔双手交叠在体前，低眼。叶予凌有点不敢相信眼前看到的，魏叔叔此时的样子竟十分落魄。

"我一直渴望有一个幸福安康的家庭，但老天好像并不肯眷顾我。"

他话语透着悲哀，身上的无奈，很难想象这是叱咤风云的商界巨头。

"其实您……"

"你们都一个个离我而去。"

叶予凌震住了，被打断的话彻底咽进肚里，态度也随之转变。

魏叔叔居然这么长情，天底下原来内心孤寂的人，并不仅仅只有自己。

"以为瞒住你亲生父亲的事实，这样，你就能一直留在我身边，照顾你对你妈妈我也有交代。"

走出商业大厦，坐在去学校的公交车上，叶予凌的心沉甸甸的，脑子里还重复着魏叔叔所说的话，去理解他口中所谓的"自私"。上一辈的爱恨情仇，从七岁开始就压迫在她身上，即使突然而至的死亡也没能阻止这种压迫的纠缠。她转头，看向窗外，望着道路两旁生长着不知名的花草，她想，没有谁应该偿还谁的情债，她要过自己的人生，简单，不负重，而自己眼下需要做决定的问题，到底去不去留学？

此时，鼻下一股幽香，她抬眼，薄奚蓝一站在教室旁边的楼道。她一路都是木木的，木讷地下车，走到学校了却还浑然不知。

"听薇拉妹妹说你找我。"

薄奚蓝一依然不温不火的表情。

墙壁后面发出阵阵朗读声，声音间歇规律整齐有力。停顿下来，叶予凌却还抿着嘴不知该如何开口，被自己误会成喜欢莫语的薄奚蓝一，难道要问他：一一，原来你是那么那么的好吗？

"知道你要问我什么。"

薄奚蓝一继续说。

"很谢谢薇拉妹妹的好意，但那个修理工，不是我。"

接二连三的意外状况已经把叶予凌练就得波澜不惊，只听见她轻声问："是谁？"

杜可风，这三个字薄奚蓝一还未发出声，莫语拿着一张复习试卷跑了过来，她眼前的叶予凌似乎正在思考什么。此时，一个更大的误解飞速在叶予凌的脑里构思形成——种种迹象，薄奚蓝一要说的那个人，是宋珂。

"叶子，你害我成绩下滑，这会儿我要问蓝一几道题，我就不准你阻拦了。"

叶予凌回过神，面对莫语攻守兼备的话语，不恋战，脸上带着一副自我了然的神色走了。

刚下课，班里一派热闹哄哄，似乎因为杜可风复课，重新回到班级，所有的快乐因子便被瞬间激活，他兴高采烈的样子好像是去爪哇国经历了一番刺激的探险。此时，特别有喜感的画面，当所有人看了一眼立在门口的叶予凌，突然迅速鸦雀无声，紧接着又继续喧闹。而只有宋珂，面无表情地离开了人群。

怎么回事？

不仅宋珂，杜可风也好像不认识自己，他平时的厚脸皮就在刚才那瞬间变为冷漠。她坐下来，围绕在杜可风旁边的脑残粉丝见势作鸟兽散，王风风也做了一个挑眉的表情便回身做起试卷。周围气氛，突然沉闷怪异。

"你，你身体还好吗？"

和小痞子说话，不知道在什么时候会突然紧张，她还是开了口。

"还好，谢谢。"

杜可风双眼向前，目不斜视，冷着一张脸。

其实只要稍稍留意，便能发觉，他拿着书本的手，在对叶予凌说出这句冰冷的话语时紧了紧，非常快，快到他不给自己时间变换成冷漠的准备。

叶予凌怀疑杜可风之前对自己那些若有似无的感觉，难道是自己可笑的多想了？

应接不暇，她身边的关系此时朝着更加复杂的方向发展。

宋珂一抹身便走出了教室，叶予凌紧跟在其后。没别的，偌大的世界，她只是想问问宋珂是如何先于自己找到亲人。

望着叶予凌渐渐离去的身影，杜可风双手交叠在脑后，吊儿郎当地蹬着腿，他眼里的情形等同于，他故意疏远叶予凌的计划有点成功的意思。王风风却不淡定地支起脑袋，伸长了脖子，直到叶予凌和宋珂身影消失，她才愤愤地收回目光。

"宋珂你等一下。"

长腿体育委员，叶予凌在他身后追赶得风尘仆仆。宋珂回头，一脸茫然地看着朝自己方向跑来正气喘吁吁的叶予凌。

"有事吗？"

嘴里还哈着粗气，她却忙不迭地把话讲清楚。

"你是怎么找到我家人的？"

"……"

叶予凌着急地再重复一遍问话，只见宋珂若有所思的表情，忽然茅塞顿开地说："就是莫语班长带我们去聚会那天呀。"

宋珂后面越说越小声的话，似乎他自己也觉得他的回答好像不是叶予凌期待的答案，因为对面叶予凌的脸已经黑了一半。

"喂，你装什么傻？"

果真是个头脑简单四肢发达的家伙，叶予凌不满地看着她以为在装傻充愣的宋珂。

宋珂的思绪却翻转到两个月前。

男生与男生之间的那种情义，有时候打一次架或者打一次篮球就可能变成很了解对方的好哥们儿。

"手镯事件"那天，杜可风离开班主任的办公室，冲出人群，去厕所清洗衣服上的鼻血，却碰见在球技上一直不服输的宋珂。一整个下午，杜可风和宋珂都在打单挑的比赛，直到夕阳落幕他们才累倒在篮板球下面。杜可风突然坐起身，语气沉重，他说要宋珂帮个忙。于是宋珂总能及时出现在叶予凌需要帮助的时刻。宋珂很仗义地做到了，这一切都因为应承了杜可风。今天杜可风回校上课，那么他明白自己完成了承诺，应该退回到原位。哪知却给自己惹来一身的麻烦，就是此时眼前叶予凌的误会。

和王风风同属单细胞动物的宋珂，因为叶予凌看着自己的这种眼神，而突然面红。见此，叶予凌另一半脸也完全黑了，宋珂黝黑的皮肤居然能看见他脸上黑中透着粉红，叶予凌又好气又好笑。

"光天化日的，居然和别人调情。"

莫语从楼梯缓缓走了上来，一脸鄙夷，矫情的音调故意冲她身边的人说着。其实事情本不是这般情景，但有的人却会莫名其妙地相信，薄奚蓝一。

他手里还拿着莫语的试卷，他的双眼此时透着严寒，看着叶予凌，表情十分冷淡。

他的反应，她只觉得胸腔跳动的心脏就那样忽然轻疼了一下。叶予凌上前拦住掉头就走的薄奚蓝一，他仍然有教养地低下头看着叶予凌，他身上柔和的香气又飘散到她的鼻息里。他没有生气，脸上看不出喜怒哀乐，似乎也不需要叶予凌做任何解释，当然，他从来只相信他自己的判断。

宋珂直愣愣地走上前，还伸手拍了拍叶予凌的肩膀，完全是个愣头青，他不知道自己就是这场误会的导火索。而他接下来说的话，让所有人瞠目结舌。

"我在小树林等你。"

"干吗？"

叶予凌一脸惊悚。

"给你解释一下你的疑惑。"

他顿了顿，接着又二百五地补充："当然还有别的事情。"

说完，宋珂不对劲儿地转了转眼珠子，果然，叶予凌看过来的一双大眼睛正怒烧着两团烈火。宋珂迅速做了一个手扶脑门的动作，趁还没火烧屁股，赶紧溜之大吉。叶予凌无语地站在原地，感叹自己周围的那帮傻瓜朋友总在关键时刻掉链子。

此时，她感觉背后有人正步步走来。毫不例外，耳边又响起女生犯花痴的尖叫声。

杜可风！

"好久不见啊。"

他对着薄奚蓝一打招呼，虽然是打招呼，但谁都能听出来，全然没有礼貌或者诚意。

"别走啊，让喜欢你的叶予凌对你说明一下，她的心里只有你。"

这么直白的话语，噎住了所有人。

薄奚蓝一转头，不偏不倚，直直地和杜可风四目相对。

叶予凌连忙上前拉走似乎要挥拳干仗的杜可风，碰触的一刹那，他的手，她感觉到了，依然那样温暖。

薄奚蓝一看着杜可风，嘴角微微上扬，其实这一切的误会都能在他唇齿之间荡然无存，因为就在刚才，他原本要告诉叶予凌，杜可风才是那个找到她家人的男生。然而，他选择了封口，绕开身前的杜可风，走了。

和莫语相比，薄奚蓝一这次故意对叶予凌藏住实情，他当然是偶然，并非处心积虑地打着什么主意。只是事实上，生活中常常会发生一些莫名其妙的牵连，一个很细微的选择或者改变，纵使无心，那都已改变了事情的本来面目，他和莫语的人生轨迹便从此开始交缠。

2

叶予凌脑袋都快爆炸了，她怎么也想不通，这个英雄人物竟然是宋珂！！

抽屉里，那张去年圣诞节王凤凤送的卡片，叶予凌看着几行字迹歪扭的英文，垂头丧气地将下巴放在膝盖上，自言自语：宋珂是祸水啊，和王凤凤这辈子，看来是老死不相往来了。

楼下有人按门铃，叶予凌光着脚丫慢吞吞地下楼开门。

说曹操——"嗬，你怎么来了？"

门前站着王凤凤，她最近似乎暴饮暴食了，经叶予凌那双火眼金睛鉴定，王凤凤之前那张圆脸已然长成一张标准的盘子脸。

"怎么？不可以来啊，喂，你打算一直让我站在雨中吗？"

叶予凌看见王凤凤身后飘着伶仃的雨丝，宅家一整天，竟不知道什么时候天空下起了小雨。她趁还未触景生情，那段记忆又会不自觉地偷跑出来，一把将王风风拉进家里。

"可以，只是会不会耽搁某人和某些人喝下午茶、逛会所呀？"

叶予凌故意瞪了王风风一眼。

"叶女侠，你看，你不要这么计较嘛，伦家吃惯了粗茶淡饭，其实常看不顺眼那种装 B 的调调。"

说完，王风风她那颗硕大无比的脑袋便轻轻地俯在叶予凌的肩上。

条件反射，叶予凌立即回应。

"本女侠这风情万种的肩头可以免费给你靠一下。"

被她同化了？自己什么时候也开始恋上这句口头禅？

听此，王风风坏笑了一下，故意不搭茬，依然乖巧地倚靠在叶予凌肩上。

王风风的不请自来，在叶予凌看来，这是她要和自己冰释前嫌的节奏。于是，她推开肩上的肉丸子，那种熟悉的和死党打闹的心情又霎时回到了她心头。

"无事不登三宝殿，说吧，又有什么妖蛾子？"

叶予凌扔给王风风一条干毛巾，因为她实在无法继续观看王风风那被雨水浇湿的凌乱发丝，像炸毛似的，飞顶在她头上。

"叶子，我仔细用我的大脑想了想哈，凭我俩的友情，断不能就这样绝交，那多不值啊，上天做证，我王风风……"

"说重点。"

"借钱。"

叶予凌刚才还十分淡然的神情，此时王风风的回答，差点被一口唾沫呛死。

"What？"

面对叶予凌此时圆瞪的双眼，王风风却十分羞涩地解释：

"我想呀凡是都有第一次，伦家是要买一件很贵的泳衣啦。"

"厂家不产 XXXXL 号的泳衣，你买不着，不借。"

自己还穷得跟鬼一样，哪有闲钱外借，叶予凌抱臂，乜着眼，看旁边突然深陷花痴泥潭的王风风。心里想着，无事殷勤的人果然没什么好事。

"你不是去打工了吗？"

王风风来之前，看来调查得很清楚嘛。

"买泳衣干吗，是跳进水里，帮那些美女帅哥人工制造浪花吗？"

"是我家英俊的宋珂啊，约我去游泳，我的第六感告诉我，他会对我表白的。"

说完，王风风将双手交叠掐在胸口，脸上的表情像足了偶像剧中终于得到男主角青睐的女配角。她当然没注意到叶予凌在旁已憋足气，接着以最惊讶的口吻和最洪亮的音调再次反问：

"What？？"

"是真的，你这么惊讶干吗？可不要太嫉妒我喔。"

"喊！"

宋珂当然不是哪路神圣，只是被叶予凌误会了，此时又听见他约王风风，原本快炸锅的脑子此时愈加摸不着头脑，端着水杯，叶予凌接二连三地往嘴里灌苏打水。

见叶予凌仍然没有要借钱的意味，王风风计上心头，决定把刚才那个坏笑的缘由讲出来。

对于叶予凌而言，这绝对是一枚重磅炸弹。

"叶子，作为交换，我告诉你一件事，你就借我钱，嘿嘿。"

"行！那你赶紧！"

她竟然以为王风风是在捣乱或是瞎得瑟。

"我那天看见杜可风和一个女孩在一起。"

"有什么好稀奇的？！"

叶予凌白了一眼。

此时，王凤凤故意换了一个语调，似乎准备接下来要说出口的话，让人听着不那么沉重。

"那个女孩就是你妹啦，薇拉，他们好像在吵架，吵得很凶的样子，然后薇拉突然晕倒了，杜可风背她去了医院。"

叶予凌从未发现自己的听觉功能居然是这么的好，听完，她只觉得一阵眩晕，有些天旋地转，连续数月的操心和体力透支，猛然间获得这个消息让她感觉忽然有点透不过气。放下水杯，她双手撑在桌上，将头埋得深深的。一本科学杂志上曾说当人遇到重大挫折或者情绪焦躁不安时，将头埋在双手中间，再调整呼吸就能抚慰自己，这来源于模拟婴儿在母体里的动作。可是她越呼吸反而越困难，脑子里反反复复地重复着疑问：他们怎么回事？真的在一起了？

她迫不及待地要弄清谜底。

十月的清晨，沁凉的温度似乎要比往年寒冷。小区门口，叶予凌紧了紧脖子上的围巾，背着书包左右张望，除了眼前清冷的大街上几个零散的行人，并没有出现杜可风的身影——还记得他说过要接送自己上下学？

第一节，第二节，直到上午最后一节课，杜可风才来。他似乎满身疲倦的样子，却依旧如从前那样，大大咧咧地坐在椅子上，两条腿还不停地在桌底下晃悠，一张冷峻的脸，十分桀骜不驯。此时，教室内那群男生声音低沉的议论声越来越大，很明显是冲着他去的。

"杜可风又换女友了，是个小太妹，长得超正。"

"长得正点又怎样，烂货一个！"

"他把那女的肚子搞大了！！"

"轰"的一声，杜可风霍地站起来，迅速擒住一个男生的头，紧接着，全班无比清楚地看见，那个男生的头被杜可风生猛地砸向桌子，磕破的脑袋，顿时，鲜血如注……

如此行为生动的暴力事件，让班上的女生愣是隔了三秒才尖叫起来。惊恐的音量让讲台上的生物老师满脸愤怒地走下讲台，强行将杜可风拽进办公室。杜可风的名字再次全校响亮，不同以往的是，这次的版本他俨然是一个怙恶不悛的不良少年。

叶予凌眼看着杜可风从座位上被带走，而他却不曾回头。她眼神忧虑，定定地看着走过窗前的杜可风，猛然间，他转身的侧脸异常眼熟，似分明在哪里见过，但脑海中却没有记忆的存在。

四面楚歌的竞技场，叶予凌清楚地看见能让自己立足的地方越来越小。放学后，她急匆匆地朝车站走去，要当面问清楚薇拉。

3

巷口，依旧熟悉的气味和喧闹的大街，直到天都黑透了，薇拉都还没回家。

"死丫头，你……你怎么在这儿？快回去……做你的大小姐吧。"

薇拉满身酒气，她从巷口一路踉踉跄跄地走到叶予凌面前。她的世界，叶予凌不懂，甚至没有好好了解她的机会，因为薇拉每次都是恶言相赠。俩姐妹，像一对前世有冤近世有仇的宿敌。

"我来找你问点事。"

"我……和你没什么好说的……"

"你怀孕了？"

叶予凌脸色铁青，这一句，足足让薇拉怔了怔，就连说话也都清醒了。

"消息蛮快嘛，是，又怎样？"

"你要这么堕落吗？"

她眼底全是泪水，看着薇拉的眼神，是恨，亦是血浓于水的亲情。

"别在我面前流泪，像你妈一样爱哭！"

"爸爸妈妈都没错，薇拉，你不要这样伤害自己，好吗？"

说到妈妈时，叶予凌声音哽咽，妹妹不自尊自爱，放浪形骸，她能怎么办呢？

意外地，亲耳听见叶予凌此时说话的语气中透着一股关爱，薇拉感到惊讶，即使再怎样讨厌那个比自己活得好的姐姐，不得不承认，现在有点后悔这般肆无忌惮地伤害她，但嘴上，却字字剜心。

"你管不着，叶予凌！你过你的富家小姐日子，我过我的破烂人生，互不相干！"

薇拉情绪激动，涨红着脸，一个趔趄，她突然弯腰，嘴里连发出干呕声。

叶予凌连忙上前，去捡此时从薇拉包里掉出来的白色药瓶，她看了看瓶身，维生素6，治疗妊娠期间呕吐的症状。

"在我考上大学离开这个地方之前，我来照顾你，另外，不要再去麻烦宋珂，他能找到你们我已经很感谢他了。"

姐姐的模样，大概就是叶予凌现在的样子。

"宋珂是谁？"

薇拉满脸疑惑，她似乎经过一番努力回想之后仍然搜寻无果，只是眨巴着眼睛，看着对面脸色忽然慌张起来的叶予凌。

"不是他找到你们的吗？"

"别逗了，能找到我的人除了死神，这世上，只有他。"

薇拉调皮的口吻，她转过脸，嘴里开始轻吐一个人的名字。

"杜可风。"

叶予凌半张着嘴，哑口无言。

早该猜到是他，并且只有他，不是吗？

薇拉看着叶予凌的脸色急剧不停歇的变换，这个从小就成长在醉汉父亲打骂环境中的女孩有着异于常人的察言观色的能力，她通常只要瞄准目标，开口说话，似锋利矛头的话语必定百发百中。

"没错，是杜可风，我这里，也是。"

薇拉指着她红色蕾丝背心下的小腹，看着叶予凌，以一种十分沉静的口吻说完。她是在暗示，她怀孕和杜可风有关，或者更直白一点，孩子是杜可风的。

久违的头痛此刻猝而袭来，叶予凌只觉得脑子里一片轰鸣声，周围的声响顿时化为无声。

这一刻，她似乎才明白，他们表面虽然疏离，但杜可风已经润物细无声似的随着时光点点滴滴、扎扎实实地侵入了自己心里，在妈妈和弟弟离世后那原本一片荒芜的世界，因为他顽强地闯入自己的生活而蓬荜生辉。但现在，却又要回到他来之前，亲人走之后那段虚无缥缈的日子，一个人吃饭，一个人走路，一个人听歌，一个人微笑。最大的寂寞并不是一个人，而是两个人之后，再变成一个人；最大的失落并不是得不到，而是在一瞬间明白，期望注定落空。

她很快把脆弱的情绪收起，挺了挺脊背，同时收回的还有眼眶的湿润，叶予凌转身把药瓶平稳地递到薇拉的眼前，淡笑道："我觉得这个男生挺不错的，他应该也很喜欢你，你们很配。"

薇拉的谎言又得逞了，她嘴角轻轻裂开，露出洁白的牙齿。

"替他谢谢你的祝福。"

薇拉拿过叶予凌手心里的药瓶，嘴里留下一句"不送"，便迈着歪歪倒倒的步子，回身消失在夜幕的巷子中。她似乎真的把所有属于叶予凌的东西，都逐一拿走了。

街上悠长的走道，只有她的单薄的身影被倾斜地拉长。和他，一开便结束，速度快得像长夜寂寥的天空中一闪而过的流星，叶予凌才刚刚看到那颗原本属于自己的星辰，却在转瞬间，已与他擦肩而过。

<h1 style="text-align:center">4</h1>

她似乎很快就眼见为实。

市立医院的护士简单地核实了叶予凌和薇拉的关系便挂了电话。电话这头，叶予凌环顾四周的眼神焦急地飘忽不定，她万万没想到，事情远比自己想象中的更加错综复杂，她开始怀疑她的肩膀是否可以如那个人说的那般风华绝代，是否可以，担负得起照顾薇拉的责任——护士告知，叶薇拉因先兆流产入院。

医院，叶予凌熟悉得不能再熟悉的地方，那股刺鼻的消毒水味，有如幽灵一般出没在各个病房里的白大褂。她走过一条长长的走廊，在右手边第二间病房，她停住了脚步，十年前，爷爷就是从这间病房把她领回家的。历史总是那么轻易地重演，她轻推虚掩的门，薇拉带着呼吸机躺在病床上。

如果那时没有醒来，也许今时今日发生的林林总总的事件，自己就能不参与了。然而事实是她看清楚了病床上是脸色如白纸一样的薇拉，以及围绕在病床旁的还有这么几个人：薄奚蓝一，宋珂，王凤凤，莫语。莫语那么会演戏，分不清她此时看着薇拉担忧的眼神是真是假。

"你姐来了。"

莫语瞟了一眼门口，语带讥讽。

薇拉微微张开眼睛，平时火爆小辣椒的嚣张模样现在虚弱得似林黛玉。与往常不同的是，薇拉此时并没有对叶予凌开炮，她只是静静地看着叶予凌。在叶予凌眼里，她愿意这样理解，薇拉经历了生与死的边缘，她对亲情和家人有另一番感受。叶予凌顿时心软了，对于薇拉和杜可风——在生死面前，任何事情都能妥协？

"傻 × 丫的！狐狸精！"

突然起来的叫骂声，从叶予凌身边迅速蹿过一个中年妇女的身影，在大家十分不解的眼神中，她正逼近薇拉的病床，紧接着她身后赶来的是杜可风。

"我儿子的前程都被你这个狐狸精毁了！"

杜可风的妈妈声嘶力竭的呼喊声响彻整个医院，一身阔气十足的穿着，那张盛怒的脸，显得异常市井恶俗。

薇拉慢慢坐起身来，双手抱臂，难听的脏话她毫不在意，一副气定神闲的神情，她苍白的脸上突然绽放一抹奇异的笑容，开口道：

"妈妈？"

"什么？还敢叫我妈，抽死你个小贱人！"

说着杜可风的妈妈立刻高高抬手，薇拉紧紧闭上眼，然而落在脸上的那个巴掌却迟迟没有声响。

"妈，有事我们回家说。"

身后一个粗重的声音，神情凝重，杜可风的左手紧抓住他妈扬起的巴掌。

"老张，开车！"

杜可风的妈妈语带哭腔，眼含怒火地挣脱开杜可风的手，不耐烦地挥手示意司机去开车，她气急败坏地欲冲出病房。

原本，一场突如其来的闹剧已到了收尾的场面，偏偏，她在经过叶予凌身边时突然一愣，愤怒的眼睛倏尔一激灵，疑惑的目光落在叶予凌身上来回打转。

"你这个女孩长得好像我儿子小学照片上的一个女学生。"

杜可风，此刻十分紧张地看着叶予凌，他掩藏了这么久的秘密难道今天就这样被昭告天下了？

叶予凌呢？快，快想想，和眼前的少年究竟缘起何时？然而，她轻摇头，一脸茫然地看着对面脸上脂粉气很浓的中年妇女。

这对话的空隙不过才停顿了两秒，有一个声音急剧加重局势恶化。

"她是薇拉的姐姐。"

说完，莫语微微一笑。

从思维上抽象且不可捉摸的思绪，一瞬便回到现实，杜可风的妈妈眼神陡然鄙夷地叫喊道：

"呸！什么恶妇才能生出一双小狐狸精！"

"妈！"

杜可风强压制住怒气，看着儿子似乎快到怒不可遏的气愤，她便一路骂骂咧咧地离开了。

病房终于安静了。

特别是这片刻，病房中的任何细微的声音都可听到。例如，杜可风回头看了一眼薇拉，悄声对叶予凌说：

"不是我的。"

他轻轻执起叶予凌的手。这段时间叶予凌不常常见到他，在他拱起后背，低头，俯在她耳边低语时，她发现青春期的少年似乎会在一夜间长高，变得身材魁梧，他此刻正柔声地说道："你相信我好吗？"

叶予凌浑身似有一股暖流在体内激荡，对于喜欢一个人，一句话，似乎都能达到爱情甜蜜的顶峰。

她终于坦诚了，她真的喜欢杜可风。

"啊！"

杜可风说完，薇拉发疯似的，朝他猛地扔去病床上的枕头，她霎时泪流满面。

同样是一句话，在薇拉的心里却是绝望。

"叶予凌！你和我抢什么？抢走妈妈和弟弟难道还不够吗？还要抢走我男朋友你才满意吗？"

"发什么疯，死丫头，爸爸知道你住院吗？"

薇拉闻此，顿时收声，作风大胆放浪，劣迹斑斑的不良少女也有软肋。

"蓝一哥哥，你快看看叶子姐姐。"

薇拉转脸，对着站在一旁从头到尾一直冷眼观看的薄奚蓝一娇声嚷着。然而他神情深沉地故意不说话，对薇拉回以浅浅一笑，并不表态。

叶予凌，杜可风，薄奚蓝一的关系头一次如此明显地摆在各自眼底。

此时杜可风头也不回地转身走了，警察局前两天来信，叶予凌绑架的案子有了突破，他谁也没告诉，总是来无影去无踪的风格。

留下来的几个人，周围的气氛十分微妙和尴尬。

"大周末的，我不在家睡懒觉，跑来看你这个野丫头。"

王风风摸了摸薇拉的头，薇拉并不躲闪，和王风风杠上了。

"肥姐，听说你谈恋爱了，眼光不错嘛。"

薇拉挑眉看了一眼宋珂，那个体育特长生竟然含羞地咬了咬嘴唇。

"小太妹，你管谁叫肥姐呢？你说，我哪胖了？啊？"

王风风好不容易廋下来一二两肉，还被人嘲笑，当然减肥的信心顿时挫败。

气氛僵直的感觉突然轻松了，薄奚蓝一却仍然是一张看不出表情的脸，狭长的眼角却似乎弥漫着一股恶意，但他对宋珂强做轻松地说："走，打两场。"

薄奚蓝一微笑着对宋珂邀赛，出现在他脸上的笑容，无论何时何地都像一个天使。说着，两个大男生的身影便偕离去。在王凤凤眼里，她此刻桃心形状的眼睛，两大帅哥，这是《灌篮高手》流川枫和樱木花道的赶脚啊。

叶予凌收回目光，生怕再多看一眼，便又会牵连出莫名的伤感。幸好，薄奚蓝一直到离开医院，他的目光从未和叶予凌的目光接触，两人心照不宣地躲避着什么。莫语看在眼里，打心眼里高兴。那句煽情的情话，前生五百次的回眸，才换来今世的擦肩而过，说的是呢，可惜，她眼中的薄奚蓝一和叶予凌故意在彼此躲避的目光中与彼此擦肩而过。

"莫语，我怀孕的事不是你透露给杜可风他妈妈的吧？"

薇拉仰起脸，审犯人似的看着莫语。

"当然不是我了，谁那么无聊。"

"是吗？"

"不是你，还会有谁呢？任性的莫语公主，我可警告你，你少耍我，不信你试试看。"

莫语被薇拉吓得够呛，小脸像漂白剂漂过的一样，顿时煞白。薇拉神情嚣张严肃的样子，劈着左腿，韩剧里的女流氓大概就是眼前这个不良少女的模样。

5

"宝贝儿，我来啦。"

一波未平，一波又起。

门口，一个中年大叔拎着水果篮冲薇拉油嘴滑舌。

这样的称呼和声音，叶予凌十分耳熟，她想起了上次薇拉接电话里的声音和出现在巷子里的人。她蹙眉，对！薇拉的正牌男友。

"死鬼！你知道来看我来了，你他妈办事的时候挺积极，把老娘肚子整大了还带别的女人开溜，滚！"

说着薇拉便抄起手中的手机砸了过去。两个常常混迹在社会最浮躁和最复杂场所的男女，说起话来，惹得走廊外的病号纷纷侧目。

"薇拉宝贝儿，我们商量的事，你到底怎么解决？"

被薇拉当头呵斥，中年大叔干脆不再继续装和谐了，他拉长一张脸，似乎准备摊牌，刚要继续开口，却被人半路拦截。

"你是我妹的男友吧？"

叶予凌的问话抢在了前面。她单薄的身材，和流氓说话却丝毫不含糊，拿出来的，是满当当的有勇有谋。

眼前，竟被一个小姑娘给问住了，中年男子满嘴刺鼻的烟味，一脸不屑的样子。

"是，不是，你还能把我怎么着？敢吗你？"

因为薇拉在社会上那些乱七八糟的人际关系，叶予凌常帮她收拾烂摊子的缘故，自己已经练就得魔高一尺道高一丈了。

"我原本是孤儿，好不容易现有家人，这样的我，你觉得我有什么不敢？"

语气坚定，说话掷地有声。所有人，包括门外的病患，周遭，一片安静。

中年男子下意识地做了一个吞咽的动作，被烟熏得焦黄的手指在空中若有似无地比画了几下。

"我，我是来和你妹，薇拉，薇拉嘿嘿，来和解的。"

"很好，如果我妹有任何三长两短，我要你的狗命！"

终于知道，嘴巴厉害是有遗传基因的，中年男子连声应答后便仓皇逃走。

叶予凌轻松回头，对面，三张张大的嘴。王凤凤的嘴张得最大，后槽牙蛀牙全都看见了。

"叶女侠，哦，不，叶师傅，敢问师承何派？"

王凤凤打了一个咏春拳的动作，佩服到不行。莫语一张巧嘴，此时也只剩下目瞪口呆的样子看着叶予凌。

叶予凌走到病床边，语重心长地对薇拉道："你以后要是再和不三不四的人来往，我会替妈妈管教你。"

她神情坚定，最后，叶予凌以薇拉需要静养为由把王凤凤和莫语招呼走了。

空荡荡的病房，薇拉坐在病床上。

回想着在前一秒叶予凌说话时那坚定的神情，薇拉想不到自己这般讨厌甚至加害的叶予凌，竟不计较地担当起姐姐和妈妈的角色来保护自己。薇拉的眼中是晶莹剔透的泪水，她曾倔强地以为这个世上没有一个角落的灯是因她而点亮的，大千世界竟是一片荒芜，可此时此刻，出没在内心的那股温暖和依靠的感觉，蓦地袭来，令她措手不及。

6

巷子。

每到傍晚十分，一群吵闹的小崽子们一路咋咋呼呼地从外面往家里跑，经过薇拉身边时，有几个小孩还会叫上一嘴：薇拉姐姐好。薇拉便会俯下身，摸摸他们的小脑袋，嘴角微微一笑，这时的薇拉俨然是一个十分可亲的邻家大姐姐的模样。

可一回到家，醉汉父亲，家徒四壁。命运，这个东西，她接受并承担了它的不公平已整整十七年。

"现在几点了？才知道回来。"

爸爸立在桌子旁，薇拉一进门便对她叫吼着。

"八点。"

不抬头，换上鞋，薇拉自顾自地做自己的事。父爱，似乎只有在爸爸醒酒后才会发生的事，并且一张口，对薇拉说出关爱的话，还夹杂着一股气不打一处来的感觉。每当听到这种腔调，薇拉就默不作声，她感觉，她真的是一个多余的人。

"你上哪儿野去了？你妈找你呐。"

"好的。"

常年浸泡酒精，爸爸的记忆力最近越来越差。薇拉准备上楼，突然听见"哐当"一声，爸爸把桌上所有的东西全都踢到地上去了。

此时隔壁邻居的叫骂声从墙壁透风的细孔传过来，薇拉对着墙壁骂了回去，转身，默默地收拾地上已被砸碎的碗碟。

"妈妈已经死了！"

薇拉霍地站起身来，在爸爸惊诧的眼中，他看见，薇拉不是叶予凌，她没有叶予凌长得像他死去的老婆。

"孩子，别生气，来。"

爸爸召唤薇拉，他平和的语气使薇拉气得不停颤抖的身体顿时不自觉地抽了一下。

这是第一次，爸爸这么和自己说话，薇拉听话地走了过去，这么多年积压在她心里的话，决定此时说出来。

"妈妈为什么抛弃我们？"

"薇拉，不要怪你妈，她没有抛弃我们。"

爸爸沉思了一会儿，低着头，缓缓地说，说到关于薇拉时，爸爸抱头痛哭。

"是我，抛弃了你妈妈，我对不起她，孩子，我更对不起你。"

失爱中长大，迷途不知返地憎恨着妈妈和叶予凌，自己，竟一直活在谎言中。

强烈的恶心感在胃里翻江倒海，从食道一路蹿升到舌尖，薇拉一阵干呕，起身一个趔趄，竟扎实地跌倒在水泥地上，晕倒了……

她的梦境，从梧桐树开始。

金灿灿的阳光洒满整片梧桐树林，薇拉在地上捡拾被清风吹落的梧桐花，她看见阳光穿过树叶投射到地上，光影斑驳，在这样美好的景象中，妈妈的身影渐渐浮现在眼前。

"薇拉，你还好吗？"

"你是我的妈妈吗？"

"嗯，我的薇拉已经长这么大了。"

"妈，我很想你。"

薇拉的眼角挂着一串透亮的泪珠，妈妈伸手，把薇拉揽入怀中。

"薇拉，你要坚强活着好吗？我知道你小时候时常想轻生。"

"对不起，妈，让你操心了，我真的很想你，别走好吗？"

她不禁伸手，一靠近妈妈，妈妈的身影却渐渐飘远了。

挣扎中。

薇拉猛地睁眼，床边，爸爸的背影佝偻地坐在黑暗里。

她不记得小时候看到的爸爸的样子，但自从有记忆开始，爸爸每天都喝得烂醉，真切地清醒一回却道出这样残忍的事实。

怎么接受？自己该何去何从？从爸爸歉疚的目光中，薇拉夺门离去……

7

王风风不就是恋爱了么?

用得着这么大肆宣扬么?

结束了第三轮诊断考试,周五放学,班主任对大家宣布接下来连放三天假,所有被繁重课业所折磨的学生登时振臂欢呼。

班主任前脚刚迈出教室,王风风便箭步跑到讲台上,看着全班几十双莫名其妙的眼睛,她清了清嗓子。

"三天假,有没有寂寞空虚的同学赋闲在家没事干?那么请来参加我和宋珂组织的主题为'成双成对'的恋爱 party 吧!"

此言一出,教室的天花板似乎立即要被热浪似的雀跃欢呼声掀翻了,宋珂羞红的脸,丧气的表情,在站起来跳动的同学当中,头极具喜感地越沉越低……

"你家亲爱的害羞了。"

叶予凌扯嗓门对王风风喊道,顿时感慨万千,爱情真是够魔力啊,王风风不仅瘦了一大圈,在爱情的滋养下还变漂亮了。

"没事,'成双成对',叶子,你和谁来参加啊?嘿嘿。"

王风风故意挑眉。

糟了。

叶予凌顿感不妙。

"是福不是祸是祸躲不过。"

王风风意味深长地说完这句便轻巧地抹身走了,十分识趣地把时间留给正朝叶予凌走来的薄奚蓝一。

他慢慢走来,她细细观看。

薄奚蓝一前额的碎发似乎蓄长了,这更加衬托出他五官的精致，更显得这个男生有一种飘逸的美。通常只在女生身上用到的形容词，此时看着薄奚蓝一步步靠近自己，叶予凌满脑子都是这些酸溜溜的词语。

其实，竟不知从什么时候开始，和薄奚蓝一的关系到了一见面就有一种不自在的感觉，但她还是迎面上去，打了个招呼。

"恭喜啊，第三套诊断题你得了第一名。"

薄奚蓝一浅笑，依旧温和。

"谢谢，你最近很忙吗？"

"啊？我吗？还好还好，谢谢啊。"

叶予凌预感接下来的对话可能不太轻松，便一个劲儿灌水，这个习惯，看来这辈子是改不了了。

"记得上次辩论赛，你也是这样喝水，被杜可风拦住了。"薄奚蓝一试探性地问，接着道，"那小子还好吧？"

什么情况？叶予凌摸不着头脑，脸上一愣一愣的表情翻书似的闪过，像答辩赛一样机械地回答：

"我不知道他好不好，你如果想知道他好不好，你自己问。"

薄奚蓝一停顿了一下，他颀长的手指在挺拔的鼻翼下轻轻划过，语气却十分的不轻松。

"我以为你们常常在一起。"

王风风说对了，是福不是祸，唉，继续往下走吧。

"那么你和莫语呢？"

薄奚蓝一颇感意外地皱了皱眉，他偏头看着叶予凌——这个在他心中一直有许多秘密的女生，他低头苦笑道：

"真是伶牙俐齿，这么快反唇相讥。"

"呵呵呵。"

"我们，不能好好在一起吗？嗯？"

薄奚蓝一深情的目光突如其来地落在叶予凌的眼睛里，似乎他的眼神从未如此时这样准确、有力。

叶予凌舌头发直，似乎被薄奚蓝一今天三百六十度大转弯的说话风格给吓住了。

"蓝———对不起……唔……"

"别给我说对不起！"

薄奚蓝一骤然变得眼神犀利，那张五官精致的脸，此时冷冽得不像素日温和的他。

空气大概就这么僵持着，叶予凌真不敢相信自己的眼睛，那个学习成绩、家世、性格都那么那么优秀的薄奚蓝一竟突然抓狂了！

薄奚蓝一敛着沉重的语气，继续道："那个人成天吊儿郎当的，难道你就喜欢这种风格的人？"

火辣辣的问话，一层层递增。叶予凌十分惊讶，怎么也想不到和薄奚蓝一的对话居然会演变成这个样子。

"蓝一，这样的事情，我们以后不要再聊了。"

叶予凌实在不知道该表什么态说什么好，事实上，与其惊讶，不如好好琢磨，薄奚蓝一，自己是否真的了解，她禁不住自嘲：未必有莫语了解他吧。

"怎么，心虚了？"

薄奚蓝一咄咄相逼，他亦清明亦冷酷的眸子此时竟然闪过一丝落寞，却是十分认真的神态。

教室里，隔了这么远，叶予凌还是听见了，以杜可风为首的几个男生高谈阔论的声音，聊天内容从美国南北战争一路侃到系列电影加勒比海盗，可谓五花八门，他完全不知此时正被别人用心地攻击着的叶予凌。

"那小子好像不是什么善类，你最好摸清楚他的为人。"

薄奚蓝一以提醒的口吻告诫叶予凌。

"什么意思？"

"我早上看见他在学校后面那条街和几个流氓厮打。"

学校后面？厮打？

叶予凌浑身汗毛立即根根竖起，被绑架的那场噩梦都过去几个月了，却总有挥之不去的恐惧感。

薄奚蓝一看着此时叶予凌脸上的表情，他的嘴角漾起一股雾气似的笑意。聪明的人似乎只需三言两语便能达到预计的目的。

"你别害怕，邪恶是不可能战胜正义的。"

薄奚蓝一乘胜追击，他骄傲地挺了挺脊背，仿佛告诉叶予凌，他就是正义的那一方。

叶予凌若有所思的样子，她一直觉得被绑架的案子事有蹊跷，但杜可风上次告诉过自己不要轻易插手，他会去查个水落石出。她才反应过来，还真听杜可风的话，这么久了一直在等待他的消息。

此时，薄奚蓝一用余光瞟了一眼，在讲台后面侃侃而谈的杜可风。

他口中那个为人有待摸清的流氓小子，早上并没有和几个社会上的混混打架，杜可风去学校后面，不过是因为他派去蹲点捕捉刀疤男的线人有新发现。事实是，薄奚蓝一扭曲了事实，他撒了谎。

这个世上，为了抢夺爱的人，似乎并不存在所谓的正邪两对立，真正存在的是赤条条的你争我抢。

"谢谢你蓝一，不过我是不会害怕坏人的。"

笨蛋叶予凌。

8

"喂，过来帮忙啊，叶予凌！"

"喔。"

叶予凌踮脚，看见前方莫语好像很吃力地搂着什么东西。莫大女王呵斥一声，她便老实巴交地跑了过去。

操场上，学校时尚风向标的莫语今天穿的是嫩绿色外套，她怀中抱着两大箱可乐，费劲地朝教室走去。她早就远远地看见，教室的走廊上薄奚蓝一和叶予凌站在那里已交谈了好久，发誓要得到薄奚蓝一的莫语怎么会心甘情愿地看着自己一直是个局外人呢？

"哎呀！"

莫语突然倒地，娇里娇气的声音。

"叶予凌亲爱的，跑快点啊，我膝盖摔出血了！"

"你要什么花招呢？哪里流血了啊？"

跑近了，叶予凌哈着气，浑身上下打量了个遍，鉴定结果：莫语毫发无损。

"倒是你，你对蓝一又要什么花招？"

莫语霍地站起来，凶巴巴的样子。农夫救蛇的故事，此刻真实地发生在自己身上，叶予凌叹了叹气。

"既然你没事，那我先走了。"

叶予凌实在懒得和莫语计较。

"哎呀！"

莫语又在身后娇声叫唤。

故技重演吗？哼，我才没那么傻呢！

叶予凌欲迈步离开，却看见薄奚蓝一此时急匆匆地跑了过来。她转身，立即傻眼了，鲜红的血液像水龙头的自来水一样不断从莫语的额头涌出。

不知道是哪个不负责的同学，从教室阳台上扔下来一本厚厚的英语词典，一个抛物线，重重地击中了莫语头部。

莫语咬住嘴唇，一言不发，只剩下一双眼睛恶狠狠地看着叶予凌——见死不救！

"你怎么不帮帮她，却要走？"

薄奚蓝一蹲在地上，他手指轻轻地撩开莫语的刘海儿检查伤口，猛然回头，用责问的语气问叶予凌。

莫语见势，立即哭诉。

"叶子，我拿你当好友才叫你过来帮忙的。"

叶予凌反驳。

"谁是你好朋友了？"

语闭，她立即察觉出周围纷纷投来异样的眼光。众人想说的话，大致就是薄奚蓝一这个意思。

他脸色阴沉，低语道："就算不是好朋友，这种情况难道不该伸出援助之手？"

"……"

"叶予凌，你太让我失望了。"

说完，薄奚蓝一抱起地上的莫语留给叶予凌一个他十分失望的背影，冲出围观的人群，阔步朝校医院走去了。

从暗恋到与他关系明朗，一步步走得并非那样顺利，虽然和他也发生过摩擦，但他从未有今天这样生气，甚至还破天荒地，第一次叫了自己的名字——全名，似乎这样才能明确地表达他的情绪。

伤心，尴尬，一点点愤怒。

叶予凌记得第一次看见莫语对薄奚蓝一表白被拒绝后，她脸上那种失落的表情，此时此刻，自己和莫语当时的表情甚至是心情，恐怕如出一辙吧？

身后这一群赞叹似的声音，此时映衬着此景。

"叶予凌是谁？输了都不知道，莫语才厉害。"

"丑小鸭啊，永远也别想当白天鹅。"

"他们才是一对，厚脸皮！"

"……"

从楼梯口下来，朝操场上，杜可风大吼一声。

"嘿！"

那群唧唧歪歪的女生便立即作鸟兽散。

"怎么了？怎么不追上去，告诉他，事情不是这样的。"

杜可风温柔的声音。

叶予凌低垂着头，她的头发齐齐地垂到前额，一闪闪的睫毛上还有晶莹的液体。

杜可风此时这般呵护备至地出现在眼前，那只会叫人对他一点一点产生依赖，被他一点一点侵蚀。叶予凌抬头，装出一副若无其事的样子，微笑道："没关系，不用了。"

"确定？"

"我确定一定以及肯定。"

"那我送你回家吧。"

"废话，住一个小区，都不知道到底谁送谁。"

"当然是英雄送美人，哈。"

"那个……你说过送我上学的？"

"我就那么一说，有人还当真了。"

"What？？"

"那个……你说过请我吃饭呢，上次，我救了你，记得吗？"

"不记得！！！"

操场上响起一阵阵少年少女的欢声笑语。

而与此同时，学校后门的铁栅栏处有一双眼睛——凶残的眼睛，一直注视着操场上的叶予凌和杜可风。

当杜可风若有所思地回头，铁栅栏那儿，一切复原。

9

爱情有时候是没有道理的，如果不想让这局势不受控制地发展下去，那就必须先发制人。莫语不笨，这个道理她懂，所以，她从来不会让自己选择逃避，而是主动迎战。

叶予凌因扛不住学校舆论的压力，今天特意一大早起床去超市买了水果篮和一些营养品到莫语家探望。叶予凌在门口脱鞋，家佣接下她手中的东西，坐在阳台上的莫语，眯着眼睛微微笑着。

见叶予凌走过来，还隔着好几步的距离的时候，莫语已摊了摊手。

"你和我还是聊聊吧。"

不等叶予凌作答，她又道："去学校走走吧。"

莫语说话的语气，说是颐指气使那一点都不过分。叶予凌在莫语的眼神和脸色的指挥下，乖乖地穿上脱下来不到两分钟的鞋便上前同去。

当然，叶予凌从来没有想过，莫语会主动找她。莫语要说什么呢？

看到她脸上露出的疑惑，莫语还是那样微微笑着，抢在她开口前说："其实学校有好几个地方的景色不错，相信你未必去过，走吧，一起去吧。"

莫语今天主动邀约，还有她的状态，和薄奚蓝一在场时，她的样子，简直判若两人。

叶予凌点点头，答应着。

"学校周末人也那么多，也好，就当是散散步吧。"

两个人顺着校园里的石子小道，静静走着，叶予凌不开口，莫语也不说话。

经过操场时，莫语不自觉地侧过脸看了一眼。眼尖的叶予凌发现了她看时，眼神里倏尔闪过的一道落寞。莫语专挑一些僻静的地方走，叶予凌大概明了她想聊些什么，淡定地笑着，紧紧跟随着她的步伐。

终于，在有很多香樟树的小花圃里，校园最不起眼的一角，一片树荫之下，叶予凌抬头问莫语："听说，这两天一直是薄奚蓝一在照顾你。"

"嗯。"莫语很淡然地点点头。

"对了，那天真不知道你被词典砸中了，不是我见死不救。"

莫语顾左右而言其他。

"你和蓝一认识多久了？"

叶予凌终于忍不住，直接进入了正题，她咬了咬唇，问："你找我谈，就是因为薄奚蓝一吧？"

"没错。"

莫语停下前行的脚步，回头，意味深长地看着叶予凌。

"抱歉，那我没什么好说的。"

叶予凌连连摆手。

莫语顺势问道："那么，你能不能消失呢？"

她接着补充了一句：

"例如消失在蓝一的生命里。"

叶予凌轻笑："我想，我的存在并不影响你喜欢他吧。"

莫语仰头轻笑，答道："但你非常影响我得到他。"

"那么更抱歉了，这是你的事。"

针尖对麦芒，在校园幽静的一隅，继续火花四溅地进行着。

"是吗？"

莫语好像立刻被香樟树的树干吸引了全部的注意力，她抬手轻轻抚摸那粗糙的树皮，观察上面那些一根根看起来像是筋脉的线条，她并不去看叶予凌，就像是说一些无关自己的事情一样。

"可是，蓝一实在想要和你发展下去，他喜欢你，你难道看不出来吗？"

"这个……嗯……"

叶予凌不知道该有什么反应，或者在莫语面前应该露出一种什么样的表情，她完全糊涂了。

薄奚蓝一，这个儒雅帅气、性格有些阴晴不定的优秀男生，这个给自己感觉，忽冷忽热，若即若离，又藕断丝连的男生，为什么自己总是看不出他的真心实意？反而莫语，她那么了解他，与他如影随形。

确实想不到该怎么反应，又想不明白自己和薄奚蓝一以及莫语的这种纠缠算怎么回事。叶予凌干脆靠在背后的树干上，大大咧咧地叉着两条腿。

"我非常希望蓝一是我的男友，学校里大家都说我们很相配，听习惯了我也以为是真的了，可是，他好像只是我名义上的男友而已，而我并不满足。"

莫语语带忧伤，她看着叶予凌，定定地看着，然后轻轻摇头。

"我真的看不出你有哪点好？说话吞吞吐吐，做事没头没脑，我真不知道蓝一喜欢你哪一点。"

"抱歉了，无须你懂我。"

叶予凌双手抱臂，一脸不想说明的样子。

莫语看着连头也不抬，一双大眼睛若无其事地平视着前方，面无表情的叶予凌，又不是第一次被她的一句话噎住，莫语也倚靠在树干上。

大概停顿了几秒钟，莫语起身向前走，当走到第五棵香樟树时，她略微放慢脚步，问："叶予凌，那么你希望我为蓝一做点什么事呢？在你不肯从他生命里消失也无心和他有发展的情况下，你告诉我，我能怎样呢？"

叶予凌就这么看着，没有打断莫语说那些话，她此时看莫语的样子，无缘无故地想起自己，想起杜可风，薄奚蓝一，她看着莫语这个性格坚硬，做事一向干脆的人也会为爱情自愿卑微，委曲求全，甚至鞠躬尽瘁。

她的心在抽动，她会想，以己度人，对之前感到很陌生的杜可风是不是也应该有着和莫语同样的痛苦呢？思绪到此，她突然发觉，一想到杜可风那个家伙，自己的嘴角居然向上拉起一道弧线。

莫语寂寞的身影，独自徘徊在香樟树下，她突然的沉默，刚才问叶予凌的那个问题，似乎也是她自己在问自己。

叶予凌扭头看着她，然后平静地开口。

"莫语，你知道吗？若是辛苦，便是强求。"

叶予凌没想到自己的话在莫语那里，怎么听都像是一种婉转的告诫，甚至像是可怜，骄傲的莫语怎么会受得了，她蓦地转过身，眉宇间的气愤登时蹿了出来，以一种很肯定的眼神看着叶予凌。

"是吗？你的回答倒是挺新意的，很可惜，这并不是我想听到的答案，另外，我不需要你来教我该怎样忠于自己的选择！"

叶予凌起身，促狭一笑。

"那你找我谈的意义又是什么呢？想听到我说我会放弃他？或者你们才是天生一对？不好意思啊，办不到。"

她办不到的是对莫语俯首称臣，任由别人操控自己的情绪。当然，说者无意，听者有心。

"办不到？那你左右摇摆就办得到了？"莫语又轻蔑地说道，"你一直担心蓝一知道你的过去，他是知道了你的一切，可结果他并没有介意，你为什么还要继续喜欢杜可风？"

莫语的身体微微颤抖，说话的口吻十分气愤，甚至是觉得上

179

天不公平。

从别人口中听到自己内心的秘密，那是怎样的感受？叶予凌的神情怔了怔，随之强装镇定地说道："你的质疑对我来说无关紧要，我想也不必对你解释清楚什么。"

"如果我得不到，你想都别想，因为你不配。"

三言两语，却蚀骨穿心，莫语睁大眼睛看着叶予凌，她的语气十分强烈。

"是吗？人心就是如此吗？我从书上见到这样的一段话。"叶予凌缓缓走近莫语，继续道，"看到比自己好的人，不是想着我也要去那里，而是你也来我这泥潭里，但是，抱歉，我不会去的，你生活的那片泥泞，嫉妒，怨恨，诅咒某人，如地狱般的地方，我是不会去的，所以，不要再向我招手叫我下来了。"

她们就隔着那么三五步的距离相互对着说话，谁都不知道，她们在说话时，这一排香樟树的后面，薄奚蓝一的身影停驻在那里。

他从家佣那儿得知莫语和叶予凌去了学校之后，匆匆赶来，他几乎找了大半个校园，才在东南角的香樟树下，看到她们俩，他来的时候，她们的谈话显然已接近尾声，所以，他只能依稀从莫语告诫叶予凌不配时开始听，他略微低头，继续认真听下去。

莫语的脸色煞白，紧抿的双唇在抖动。

"莫语，你不要再对我招手了。"

叶予凌抬头，看着莫语，她重复了这句。

气极，瞬间便转而冷笑，莫语抱臂冷笑道："在我这片泥潭里，你有我这样喜欢一个人吗？喜欢到血液里，每一分每一秒，时时刻刻都想见到他，想和他在一起，海枯石烂，懂吗？"

性格倔强，甚至有点刚烈的莫语，似乎此刻她是情到深处，两道晶莹的泪水无声地划过她的脸庞。

叶予凌转身，眼角的余光突然瞥见一个人的身影，那是她曾无数次伤心难过时，出现在脑子里的身影。

她拍了拍莫语的肩，似乎也说给那个人听，轻声道："我和你喜欢的，不是同一个人。"

"你直接告诉他啊。"

莫语激动地拉起叶予凌的手，此时只听见叶予凌平静的声音，在自己耳旁萦绕。

"我想，他已经听见了。"

叶予凌把莫语和树干后面的薄奚蓝一留在了原地，自己走开了，她无法预测他们的将来会怎么样，她知道的，莫语对薄奚蓝一袒露真心，是一种难得。

叶予凌刚才的话，莫语若有所思地四处寻望。果然，在香樟树蔓延的枝叶后面，薄奚蓝一就站在那里，他脸上的神情像雕塑一般肃穆沉重。

"你都听到了？"

"嗯，莫语，我……"

"不要，请不要说出口，你可以考虑一下再回答我。"

莫语看着薄奚蓝一，她眉头紧蹙，虽然让薄奚蓝一先思考一番，但其实内心里，她知道的，她是害怕听见他现在就轻易地否定自己付出的情感。

然而，薄奚蓝一稍沉吟了几秒，在莫语泪流满面的瞬间，他低头轻吐。

"莫语，请忘了我。"

"我怎么做得到？"

莫语望着薄奚蓝一的背影，她泪眼婆娑，颤抖的声音充满委屈。

"即使叶予凌不喜欢你了，你还是喜欢她，不肯喜欢我吗？对吗？"

"对不起。"

　　拖了这么久，一向温文尔雅的薄奚蓝一终于很利索地断然拒绝了莫语，他以为和莫语的纠缠，这便是终结。

　　爱情，有时候是很没有道理的；当然，深陷其中的人，却浑然不觉。

　　此刻此景的莫语，映衬了那句"无边落木萧萧下"的悲凉情形。在薄奚蓝一的身影消失在前方翠绿的灌木丛里，莫语看着，沉默片刻之后，她神色平静地拿出手机，拨打了一个号码，使用这个号码的人，是杜可风疯狂地搜寻却始终没发现踪影的刀疤男。

　　莫语要报复。

第七章　危机暗涌

1

预料中的是，转过一个弯用不了多久就能很快看见关键时刻掉链子，以王风风为首的那几个最佳损友。

一看见叶予凌走来，王风风就立马冲了过去，努力睁开她的小眼睛上下检查叶予凌的身体，关怀备至。

"叶子，你没事吧？你没有吃莫语给你的什么东西吧？"

叶予凌有些惊讶地看着王风风。

"我能有什么事？她会给我吃什么东西？"

"我怕她施法给你下什么蛊之类的，"王风风用她的肥肥的手拖住下巴点点头，"我一直都觉得莫语这个人好厉害的，好像什么都敢做似的，我怕给你吃杀虫剂、敌敌畏、老鼠药、砒霜、硫酸这些东西。"

"你真是韩剧看多了。"叶予凌白了王风风一眼，反问道。

"不过，你既然担心，为什么在这里干等着？"

"我怕殃及池鱼啊！莫语要真的发起火来，硫酸啥的向我泼来，你不会因我无辜受牵连伤心难过内疚一辈子吗？我这也是为你着想，好不好？"

王凤凤亲热地摇晃着叶予凌的胳膊，顺便还告诉叶予凌："杜可风也已经知道了，他正在来的路上。"

"宋珂！"

叶予凌转头去看王凤凤旁边的他，她整个人都无奈了，她知道是宋珂干的，又不是什么生离死别的场景，整这么大阵仗，显得自己有多矫情？！

半开玩笑似的，叶予凌转过头问宋珂："你说，你还要不要通知你爸妈，通知你家的亲戚，通知班主任，通知新闻媒体，通知学校领导？"

"没有那么离谱啦。"宋珂不好意思地笑笑，接着说，"其实，我是想过通知我们的班主任的。"

王凤凤连忙抢着说："不过却被我拦下来了，我还算聪明吧？"

不等叶予凌开口，王凤凤又犯起无可救药的花痴。

"我说叶子，你也别怪他了好不好？像他这样的男人让人感觉很踏实好不好？有事就报告老师，有事就通知父母，以后结婚有事就询问老婆，这样的品格，在今时今日花心坏男人遍天下的状态下，这真的很难能可贵哦！"

"你说的没错，认识你们，我真的好庆幸哦！"

叶予凌用异常欢欣的语气回答王凤凤。真的是大开眼界，王凤凤一谈恋爱，她整个人就像开了外挂一样，完全莫名其妙地变得思维敏捷，口吐莲花了，不仅如此，她的脸皮变得比之前还要厚！

她耐心地陪着他们等杜可风来。他比叶予凌预计的时间早到十分钟，想找到杜可风，甚至让他立即现身，似乎只有叶予凌才有这个本事。她站在那里，阳光有些刺眼，她眯缝着眼睛看着。他走过来，歪着头打量她，嘴上却说："我来，只是想让你看看，我有没有变得更加帅了。"

"那么你想听听我的意见吗？"

叶予凌刻意板着脸，其实，内心正激烈地跳动着，就算和他能玩儿得称兄道弟，看到他，依然会心如撞鹿。

"不用了，你知道的，我是这么风华绝代，见到我呢，你也不必太亢奋。"

他的眼睛明亮如新月，此时却不要脸地对叶予凌眨了眨眼，故意装出很浪荡的样子。

登时，叶予凌的拳头如雨点般地朝他砸了过去……

"我饿了。"

旁边有一个没有眼力见儿的宋珂突然打了一个嗝，摸摸肚子，十分憨厚可爱的表情。

"我们去吃点好吃的吧。"

说完，宋珂冲王风风笑笑。

王风风点点头，寻思着。

"就去吃那家川北凉粉吧，手工的，还可以放超多的辣椒和香菜，我们好久没去了。"

王风风一边说一边很不自觉地咽口水。

"风哥，要不要一起？"

宋珂冲杜可风歪脑袋，王风风突然长智慧了似的，推了一把宋珂的肩头，意味深长地白了他一眼，怪他那么没眼力见儿，然后，她向叶予凌眨眨眼睛，便赶紧拉着宋珂走开了。

他们走远后，杜可风才微笑着靠近她，在叶予凌耳际轻问："你是不是想我了？"

说完，他的脸立刻红了起来，而叶予凌的耳根居然像是被他传染了似的，也红了。

很好，他的模样，他说话时的样子，他笑起来的眉眼，依旧如初，是那样温暖她的心。而她，少女的面孔，还是如他心目中那样的干净。

车子在拥挤的道路上走走停停，叶予凌就在他的包包里乱翻，她要探个究竟，为什么常常缺席上课的杜可风每次考试的成绩都名列前茅。她原本实在是不想用翻这个动作，可惜，杜可风的背包太乱了。她找了很久才翻到一沓厚厚的练习试卷，打开一看，字迹清晰，所有的试题都逐一被做完了。

她正在惊叹的同时，突然发现试卷的末尾有一张白色纸张，明显比试卷的质地要硬实很多。她刚要打开一看究竟，没想到却被眼疾手快的杜可风一把抢了过去，并迅速揉成一团，打开车窗，张开手，便扔出去了。

"干吗？你这个人，好没有公德心，乱扔垃圾！"

一脸鄙夷，叶予凌很生气的样子，其实心底更生气的是还没看到那张纸里的内容就被抢走了。她生气地伸手揉乱杜可风的头发，他的头发已经剪短了，毛毛的。

"哈哈，你才不是因为这个生气呢。"

杜可风笑着，脑袋东倒西歪的，公车在站台刹住，他的头顺便势撞到叶予凌的肩膀上，干脆，他就不起来了。叶予凌对准他的额头，弹了一个脑蹦儿，然后杜可风厚着脸皮，表情夸张地大声尖叫起来，接着他对着公车上所有看向他们的人解释道："她在跟我闹别扭呢，我们在闹着玩呢。"

"我才不稀罕看呢，弄得神神秘秘的，哼！"

"那么这个你喜欢吗？"

杜可风从裤兜里拿出一个墨绿色的蕾丝发带，上面还带有淡淡的花香，他递到叶予凌眼前，说道："这，送给七岁的你。"

叶予凌转过头，一双大眼睛不解地盯着他看。她不知道该说什么，反正此时觉得身体里那一股开心的感觉是那样的实实在在。

她刚要伸手去拿，那个坏小子便一下收了回去，接着坏坏地笑道："你只能在我面前披着头发，这个礼物才归你。"

"不给算了！"

听这话，怎么听都是一股娇嗔的味道，叶予凌浑然不觉，在杜可风的眼里，她生气的模样是那样招人喜欢。

杜可风把那条发带轻柔地绑在了她的右手上，最后还系了一个蝴蝶结，她白皙的肤色搭配墨绿的蕾丝装饰，显得那样好看，他不自觉地伸出自己的手与她十指相扣，轻轻晃了晃，说："你看，当手链也挺好看的呢。"

一向大刺刺的叶予凌此时觉得汗颜，她着实被杜可风的品位和服饰搭配技巧惊到了，难怪学校的破校服在他身上穿着都别有一番风味呢。

"嘿嘿，来，亲一个。"

杜可风又卖萌，此时，他把比城墙还要厚的脸凑过去，根本就不管公车上的人多势众。

叶予凌立即按住他的头，与他的力量博弈，也与他的笑声相互呼应，眼睛却往上挑，嘴里说道："你这个大笨蛋，大坏蛋！"

原来，谈恋爱就是这个样子。

她终于不理他了，但是她也不敢再去弹他或掐他，因为她怕他再次那么大声叫疼，吸引所有人的目光，那么的丢人现眼。

杜可风夸张地捂住肚子，似乎笑到快岔气了才直起腰来，他突然不要脸地把腿搁到她的腿上，左手一下搭在叶予凌的肩上，不管此时她的小身板怎么使劲儿挣脱，他的手像铁环一样，牢牢拴住她。

窗外的阳光洒到玻璃上，杜可风仰起脸，贪恋地享受这短暂的欢愉。

还好，他及时制止她发现自己藏匿的秘密。没有什么能够阻挡他要爱她，保护她的决心。那张纸上，是医生一个月前对他的病危情况下的最后通牒，如果不立即动手术，那么他的生命随时有可能终结。医生的话犹在耳际，此时，杜可风转头去看叶予凌的脸，大把的阳光轻抚在她青春美丽的脸上，而自己的时间似乎所剩无几，他也似乎越来越理解叶予凌承受亲人离去时的那种痛苦。

　　公车仍旧走走停停，他闭上眼，轻轻地将叶予凌揽入怀中……

（第一部完）